KB004356

밥벌이의 이로움

밥벌이의 이로움

일어나자, 출근하자, 웃으면서

조훈희 지음

프롬북스
frombooks

오늘도 출근하는 우리를 위하여

"어떡해, 저 사람 쓰러졌어!"

발 디딜 틈조차 없는 출근길 지하철역 계단에서 정장을 차려입은 한 회사원이 다리에 힘이 풀린 듯 털썩 쓰러졌다. 이 광경을 목격한 회사원들 중 누군가는 119에 전화를 걸었고, 또 누군가는 대수롭지 않은 듯 스쳐지나갔다. 그렇게 어제와 같이 출근시간에 맞춰 겨우 회사 입구에 도착해 사원증을 찍었다. 삑 하는 기계소리에 안도하며 사무실로 들어와 컴퓨터를 켜고 로그인을 하는데 조금 전 출근길에 쓰러져 있던 회사원이 떠오른다.

수많은 회사원들이 묻는다. '이렇게 사는 것이 맞는 걸까?' 나 역시 많은 고민과 걱정 끝에 여러 차례 회사를 그만두었지만 결국 지금은 회사를 다니고 있다. 좀 더 행복하게 회사를 다니겠다며 이직을 거듭한 끝에 이제야 조금 알게 된 사실이 있다. 회사에 한번 길들여진 회사원이 사직서를 쓰고 나와 혼자 돈을 버는 것은 상당히 힘든 일이며, 결국 회사원은 돈을 벌기 위해 다시 회사로 돌아오게 되어 있다는 것이다. 그리고 어차피 다닐 회사라면 지쳐서 쓰러지기 전에 사람과 업무가 주는 스트레스를 스스로 덜어내고, 그렇게 덜어진 좁은 틈 사이로 회사가 채워주지 않는 행복을 찾아 채워야 한다는 것이다.

 업무시간 중 잠깐 시간을 내어 커피 한잔을 하듯 그 비좁은 틈에 소소한 행복을 채워보고자 한다. 출퇴근시간 지하철에서 잠깐, 점심 먹고 양치하고 잠깐 이 글을 읽으면서 작으나마 위로를 받으면 좋겠다. 그래도 잘 보이지 않는 어딘가에 우리가 회사에서 아직은 버틸 수 있게 해주는 것들이 있음을, 그만큼 회사도 아직은 다닐 만한 이유가 있는 곳임을 알게 된다면 바랄 나위 없겠다.

CONTENTS

3장

직장인가 극장인가, 영화 같은 일들은 계속되고

6장

그들은 어떻게 일에서 행복을 찾았을까?

저는 출근길에
절대 뛰지 않습니다

1장

1

출근하기 싫어병에 걸렸다면

"혹시 사장님께서도 월요일에 출근하기 싫으신지요······."

임직원 간 활발한 상하 소통을 위해 마련된 자리였다. 드디어 '사장님과의 대화' 시간이 끝났다. 대화라기보다 일방적인 훈시에 가깝지만 어쨌든. 대화가 끝나자 사장님은 편하게 질문을 해보라고 말씀하셨고, 그 말씀에 난 정말 편하게 사장님도 아침에 출근하기 싫으시냐고 질문을 드렸다. 내가 편하게 던진 질문에 안 그래도 불편했던 분위기가 더 불편해졌다. 키득키득 웃던 주변 사람들도 눈치를 보더니 재빨리 표정을 바꿨다. 그런 분위기에서 오랜 회사생활의 노하우가 쌓인 너그러운 사장님은 편안하게 웃으면서 인자하게 대답해주셨다.

"직급이 올라갈수록 출근하기 더 싫어지지요. 특히 눈비가 많이 오는 날은 더 싫지 않나요? 근데 질문하신 분은 어느 부서 누구신 가요?"

　회사원이라면 사원부터 사장까지 남녀노소 불문하고 아침에 출근하기 싫은 것이 당연하다. 출근하기 싫은 이유는 다양하다. 불편한 인간관계, 복잡한 업무, 기나긴 통근거리……. 이유를 찾다 보면 회사와 관련한 모든 것이 출근하기 싫은 이유가 된다. 회사원이 되기 위해 면접을 보던 시절 "꼭 합격하고 싶습니다"라는 말의 의미는 "합격해서 사원증을 목에 걸고 아메리카노를 들고 걷고 싶습니다" 혹은 "주위 사람들에게 난 대기업 직원임을 자랑하고 싶습니다"라는 의미였다. 즉, "회사에서 하루하루 버티며 눈치 보면서 일을 하고 싶습니다"라는 현실적 의미는 아니었다는 것이다.

　'출근하기 싫어병'을 효과적으로 극복하기 위해 우리 같이 계산기를 두드려보자. 일단 당신이 받는 월급이 300만 원이라고 가정해보자. 이제 그 300만 원을 근무일수로 나눈다. 추석 명절이 있는 9월은 근무일수가 17일밖에 안 되니 300만 원을 17일로 나누면 회사에 나가서 하루에 받는 돈이 약 18만 원이 된다. 다음으로 일당 18만 원을 근무시간 8시간으로 나눠보면 당신은 회사에서 한 시간에 약 22,000원을 벌어들이고 있다. 이것을 다시 1분 단위로 계산하면 1분에 360원씩을 받는 셈이다. 심지어 아무것도 하지 않고 가만히 모니터만 바라보고 있더라도 회사는 당신에게 3분에 1,000원씩 주고 있다.

회사 입장에서 볼 때 당신에게 들어가는 비용은 3분에 1,000원보다 훨씬 크다. 실수령액 이외에 건강보험, 국민연금 등 4대보험료와 현재 당신의 엉덩이 밑에 깔려 있는 의자, 책상, 컴퓨터, 복합기 비용, 그리고 곧 당신의 집에 도착할 명절선물 구입비까지 돈을 들여야 한다. 또한 직원인 당신의 입장에서는 잘 보이지 않겠지만 당신이 앉아있는 면적에는 적지 않은 액수의 임대료가 발생하고 있다. 더 세부적으로 들어가면 당신이 회사 화장실에서 변을 보고 내리는 수도세와 비데 렌탈비, 당신의 변을 분해시켜기 위해 빌딩 정화조에 투입하는 살균제 비용, 마지막으로 당신을 관리하고 있는 경영지원팀과 같은 관리 인력들의 인건비까지 당신으로 인해 상상도 못 할 다양한 비용이 더해져서 회사는 당신의 실수령액보다 최소 2~3배가 넘는 비용을 당신에게 들이고 있다.

즉 당신은 회사에서 받는 것이 적다고 힘들어할지 모르지만 반대로 회사는 당신에게 주는 것이 많다고 힘들어할 수 있다. 받는 사람 입장에서 회사 가기 싫다고 투덜거리다가 반대로 주는 사람 입장에서 계산해보면 사장님은 정말 관대하시고 인내심이 굉장한 분이시구나 싶다. 당신이라면 친하지도 않은 사람에게 3분에 1,000

원씩 줄 수 있을까? 이렇게 생각하면 인간적으로 죄송해서라도 월요일에 꾸물꾸물 출근하게 된다. 내가 만약 사장이라면 지금의 나 같은 일개 직원에게 이렇게 많은 돈을 투입하고 있는데 그 직원이 모두 모인 자리에서 사장에게 대놓고 "출근하기 싫어요" 혹은 "우리 회사는 어떤 것이 안 좋아요"라고 말한다면 잘 알았으니깐 당장 내일부터 나오지 말라고 할 것 같다.

2

지하철의 전단지로 계산해보는 나의 가치

"임대수익 월 60만 원 보장!"

출근길 지하철 노약자석 위의 광고판은 딱 내 눈높이에 맞춰 설치되어 있었다. 그 광고판에 전단지가 여기저기, 마치 나에게 어서 뜯어달라고 애원을 하듯 연약한 테이프에 의지해 위태롭게 붙어있었다. 그것들은 마치 하루하루 위태로운 내 회사생활처럼 힘겹게 붙어 있었는데, 내가 저 전단지를 확 뜯는 순간 회사를 안 가고 가만히 앉아있어도 월세가 따박따박 60만 원씩 내 통장에 매월 꽂힐 것 같았다. 전단지를 보고 꿈같은 상상을 하는 사이에 나도 모르게 내 손은 전단지에 적혀 있는 전화번호를 누르고 있었다.

일하지 않고 매월 따박따박 남의 돈을 받기 위해서는 투자금과 대출 그리고 투자금을 잃을 수도 있다는 리스크를 감수할 수 있는 용기가 필요했다. 임대수익률을 계산해보니 1억 원을 투자하면 잘해야 월 30만 원 정도의 월세를 받을 수 있었다. 물론 대출을 통한 레버리지 효과로 투입비용을 줄여 수익률을 높일 수도 있지만, 그럴수록 증가하는 리스크는 오로지 나의 몫이었다. 공실, 대출, 신용, 연체, 가격 하락 등 전단지는 임대수익의 발생에 따른 그 어떤 리스크도 알려주지 않았다. 그래서 다시 현실로 돌아와서 지금 할 수 있는 최선의 안정적인 재테크 방법을 찾아보았다.

일반 은행 예금금리는 0퍼센트대로 거의 없으니 논외로 하고, 가장 금리가 높은 적금을 알아보니 연이자 2퍼센트가 채 되지 않는다. 1억을 투자했을 때 매월 15만 원 정도를 이자로 받을 수 있다. '1억 원 넣어봐야 별로 돈도 안 되잖아?' 하고 하찮게 생각하며 웃고 있는 사이 '난 지금 주머니에 1억 원은커녕 백만 원도 없지 않나?'라는 현실이 파고든다. 좌절하고 있는 현실의 나를 잠시 뒤로 하고, 작아 보이는 내 월급을 거꾸로 계산해본다. 내가 월 300만 원의 급여를 받는다고 가정하고, 월 임대료 30만 원을 받는 데 필요한 투자금액이 1억 원임을 토대로 나의 가치를 역산해본다. 이렇게 계산하면 놀랍게도 월급 300만 원을 받는 회사원인 나는 10억 원짜리 건물의 가치를 지니고 있다. 그뿐만이 아니다. 매월 300만 원을 받기 위한 적금통장으로 보자면 나는 현찰로 20억 원이나 들어있는 통장이랑 맞먹는다. 나의 가치는 내가 생각하는 것보다 상당히 높으며, 내가 받는 월급은 내가 회사에서 해고를 당하지 않는 이상 적게 주거나 건너뛰는 달 없이 매월 따박따박 받을 수 있는 안정적인 수입이다. 리스크도 적다. 회사를 다니면서 받는 월급보다 좋은 투자는 찾기 힘들고, 그런 수익을 내는 내 자신은 너무나도 소중하다.

회사원이 아르바이트나 재테크를 통해서 월급 외에 한 달에 몇십만 원이라도 더 벌고 싶어 하는 것은 당연하다. 그래서 업무시간에 몰래 주식을 하거나 퇴근 후에 대리운전을 한다. 그러나 이렇게 다른 경로로 벌어들이는 수입이 회사의 월급보다 월등히 많지 않은 이상 회사일에 집중을 하는 편이 우리 같은 일개 회사원들에겐 몸과 마음이 편한 재테크의 길이다. 다른 일을 하면 할수록 회사뿐만 아니라 가족과 보내는 시간, 본인의 여가시간 등이 점점 사라질수 있기 때문이다. 어차피 다녀야 하는 회사라고 판단된다면 여유시간에는 자기계발을 통해서 현재 회사에서 받을 수 있는 월급을 올리거나, 그것이 싫다면 월급을 더 많이 주는 회사로 이직을 하는 편이 객관적으로 수익률이 더 높고 리스크는 더 낮은 올바른 투자다. 이런 귀중한 회사원인 내 자신에게 아낌없는 투자를 위해 퇴근길에 나를 위해 책 한 권과 치킨을 한 마리 시켜주도록 하자. 우리는 내일 또 출근을 해야 하는 소중한 회사원이니까.

3

월급이 적어서 힘들다고 느낄 때

"어? 아침에 분명 월급 들어왔을 텐데 돈이 다 어디로 갔지?"

오늘도 회사원의 통장에는 월급이 스치어 지나간다. 자동차 할부금, 핸드폰 요금, 아파트 월세와 관리비, 그리고 충동적으로 구입한 ○○의 6개월 무이자할부금까지. 그것들은 마치 몽골의 칭기즈칸 기마부대처럼 통장에 조금이라도 뜯어먹을 것이 생기면 잠시도 기다리지 않고 재빠르게 침투해서 남김없이 약탈해간다. 그것을 알면서도 다음 날 아침에도 나를 위한 커피 한 잔을 사겠다며 습관적으로 신용카드를 꺼낸다. 다시는 돈을 쓰지 않겠다고 굳게 다짐한 월급날의 결의는 이미 산산조각 난 상태다. 결국 스스로 돈을 적게 쓰기를 포기하고 월급이 언제 오를지 기약 없는 기대를 안고 또다시 월급이 들어올 그날을 기다리게 된다.

대학생 시절에는 한 달에 30만 원 정도만 있어도 친구들 사이에서 '신'처럼 대접받을 수 있었다. 만 원짜리 한 장이면 그날 하루는 정체 모를 부침개와 몇 번을 튀겼는지 모를 법한 튀김, 마지막으로 컵라면 한 그릇에 소주 서너 병을 마시고, 선배, 후배, 동기 모두가 행복해질 수 있었기 때문이다. 신입사원 시절 첫 월급을 받던 날엔 하늘을 날아갈 것만 같았다. 내가 번 내 돈으로 내가 고기를 사먹을 수 있다는 사실이 믿기지 않았다. 무릇 고기란 대기업에 취업한 잘나가는 선배가 정장을 빼입고 학교에 찾아와 사주는 메뉴, 아니면 진짜 어른인 부모님이 사주시는 메뉴였다. 고기를 먹으면서 나도 선배나 부모님처럼 내가 번 돈으로 멋있게 쓸 수 있다는 사실에 스스로 감동했다. 이렇게 계속 성장한다면 나란 녀석은 '30대가 되면 고급 수입차로 출퇴근하고, 한강이 보이는 통유리의 높은 아파트에 살면서 밤에는 야경을 안주 삼아 와인을 한잔하고 있지 않을까?' 하는 입에 담기도 부끄러울 정도로 비현실적인 상상도 했었다.

오랜 회사생활을 하면서 이제는 일도 어느 정도 손에 익었고 직급도 많이 올랐다. 지금은 대학생 때보다, 신입사원 때보다 몇 백을 더 벌고 있는데 이상하게 지금의 나는 그때의 나보다 빈궁하다. 빈궁한 데서 끝나지 않고 돈이 주는 행복감도 줄었다. 실제로 잘 모이지도 않는다. 월급이 매월 부족하다고 느껴 어디 괜찮은 아르바이트나 재테크가 없는지 여기저기 기웃거린다. 나도 퇴근길에 대리운전이나 할까 잠깐 고민했다가 괜히 인터넷을 켜서 친구 회사의 연봉이 나보다 더 높은 걸 확인하고는 풀죽은 표정으로 신세한탄을 한다.

이렇게 내 월급이 적다고 생각해 마음이 힘들 때는 다음과 같이 생각하면서 서글픈 마음을 조금 달래보자.

돈이 적고 많음을 수학적으로 계산해보자. 돈의 적음은 '0원'이라는 숫자로 명확히 표현할 수 있지만, 돈이 많음은 그것을 표현할 수 있는 숫자가 명확하지 않다. 왜냐하면 숫자의 커짐은 끝이 없을 뿐만 아니라 사람마다 많음의 기준도 다르기 때문이다. 그래서 우리는 많음보다 적음을 쉽게 보고 느낀다. 나 역시 지금 내가 갖고 있는 돈의 숫자에 대해서 그 기준이 남들과 다르기 때문에 풍요로움을 느끼기 어렵다. '0원'에 가까울수록 없는 것에 대한 불안감은 커지는 반면 아무리 돈이 많아져도 숫자의 끝은 없기 때문에 만족감을 느끼지 못하는 것이다. 결국 내가 통장에서 쉽게 보고 느낄 수 있는 것은 눈에 보이는 '0원'이 주는 고통과 빈궁함뿐이다.

실제로 일을 하면서 만났던 대부분의 부자들은 자신이 부자라고 생각하지 않았다. 내 기준에 그들은 평생 일을 하지 않아도 충분히 먹고살 정도의 돈을 가지고 있음에도 항상 돈이 모자라서 아직은 더 벌어야 한다고 말했다. 그뿐 아니라 수십억 원을 가지고 있는 부자는 수백억 원을 가진 부자를 부러워했고, 수백억 원을 가진 부자는 수천억 원을 가진 부자를 부러워했다. 그 부러움의 먹이사슬에 정점은 없었다. 심지어 그 부자들 역시 자신이 먹이사슬의 최하단에 있으며 겨우겨우 힘들게 돈을 번다고 생각하고 있었다.

 나를 포함한 회사원들 역시 마찬가지다. 우리가 사는 세상에는 밥 한 끼를 제대로 해결하기 힘들 정도로 지독한 가난에 허덕이는 사람들이 있지만 우리는 그것을 알고 있으면서도 항상 적다고 투덜거린다. 결국 회사원이든 사업가든 스스로 만족하지 않으면 끝이 없는 숫자와 함께 욕망도 끝이 없어져서 늘 만족하지 못하고 부족하다고 느낄 수밖에 없는 구조다.

 내 자신이 편협한 생각에 빠져 스스로 몸도 마음도 빈궁하게 여기고 있음을 반성하면서, 불쌍한 나를 위해서 평소에 사고 싶었던 고가의 한정판 가방을 사려고 은행에 가서 마이너스통장을 뚫었다. 신나게 카드를 긁고 통장에 마이너스가 찍히기 시작하자 이제는 '0원'을 초월해서 적음의 끝을 알 수 없게 되었다. 게다가 시간이 갈수록 계속 늘어나는 빨간 글씨의 마이너스 달린 숫자는 나에게 복리의 마법까지 보여주고 있다. 이제 난 그동안 내 통장에 찍혀 있던 '0원'이 얼마나 풍요롭고 넉넉한 숫자인지 알 수 있게 되었다.

4

출근길에 뛰지 말고 걸어야 하는 이유

"스크린 도어가 열립니다. 삘리리리~"

지하철 역사에 울려 퍼진 방송은 마치 100미터 달리기의 출발을 알리는 총소리와 같았다. 수많은 회사원들이 계단이라는 허들을 넘어 결승점으로 보이는 지하철 출입문을 향해 달리기 시작했다. 경마장에서 탕 하는 소리와 함께 문이 열리는 순간 앞만 볼 수 있도록 눈의 좌우를 가린 채 전속력으로 달려나가는 경주마 같은 사람들이 유유히 걷고 있는 내 어깨와 가방에 원한이라도 있는 것처럼 팍팍 치고 달려나갔다. 그리고 두 팔과 양 어깨로 있는 힘껏 밀고 들어가서는 지하철에 뒤늦게 타려는 사람들에게는 더 이상 들어오지 못하게 온몸으로 버티고 서있었다. 아침 출근길이면 하루도 빼놓지 않고 똑같은 현상이 눈앞에 펼쳐진다.

난 지하철이 곧 출발할 것 같아도 절대 뛰지 않는다. 이유는 간단하다. 지하철을 타기 위해서 전력을 다해 뛰었는데도 못 타게 되면 손해 보는 느낌이 들기 때문이다. 손해 보는 느낌 정도야 어느 정도 참을 수 있는데 문제는 전력을 다해도 안 된다는 패배감이 느껴져서 정말 싫다. 그리고 뛰어가다가 계단에서 넘어지기라도 한다면 내 다리는 분명 몸무게를 버티지 못하고 부러질 것이 분명하기 때문이다. 정말 열심히 뛰어서 지하철을 타게 된다 할지라도 이것은 '그냥 어차피 탈 지하철을 2분 정도 먼저 탔구나' 정도의 느낌일 뿐 '내가 열심히 뛰고 노력해서 어차피 가게 될 회사에 2분이나 먼저 출근할 수 있게 되어서 매우 행복하다'라는 보람은 절대 느낄 수 없다. 말하자면 달려서 나에게 무언가 큰 이득이 되었다는 느낌이 없는 것이다.

반대로, 뛰지도 않았는데 지하철 문이 늦게 닫혀서 탈 수 있게 되면 상당히 이득을 본 느낌이다. '오늘은 왠지 운수가 좋은 날인데?'라는 근거 없는 자신감도 얻을 수 있다. 뛰지 않아서 지하철을 놓치게 되어도 '난 그냥 걸었으니까 당연히 놓친 거지'라고 생각하면 손해 보는 느낌 또한 없다. 총소리에 맞춰서 모두가 뛸 때 반드시 나도 뛰어야 행복하다는 보장은 없다는 것이다. 우리는 결승점에 먼저 도착한다고 해서 더 큰 행복을 포상으로 받을 수 있는 달리기 경주 같은 삶을 살고 있지는 않기 때문이다. 출발 총소리에 놀라서 모두 잊었겠지만 회사원의 인생은 결승점에 먼저 도착한다고 해서 행복해지는 것이 절대 아니다. 또한 그 누구도 그 결승점이 어딘지 알지 못한다.

나는 뛰지 않는 것과 마찬가지로 지하철을 탈 때도 억지로 밀어서 타지 않고, 지하철에 타서도 굳이 다른 사람들을 밀어내지 않는다. 지하철이 자가용도 아니고, 내가 남들보다 돈을 더 낸 것도 아니다. 누구나 똑같은 돈을 내고 이용하는 지하철인데 굳이 내 힘 빼서 못 타게 할 이유가 없다. 이번 지하철이 가면 다음 지하철이 또 오고, 어느 지하철을 타더라도 내가 가는 방향은 똑같다. 지하철을 놓쳐서 출근이 5분 늦을 상황이라면 다음부터는 5분 일찍 나와서 늦지 않게 타면 그만이다. 특히 비 오는 날 출퇴근길 지하철에서 두 팔로 밀어내려고 안간힘을 쓰지 말고 차라리 대중에게 몸을 맡기면 콘서트장에서 관객들에게 몸을 던진 유명 락스타가 된 느낌도 든다. 고집스러운 내 자신의 몸뚱이를 내려놓을수록 타고 내리는 인파 속에 휩쓸려서 힘들지 않아도 어느새 다른 지하철로 환승까지 할 수 있다.

회사생활도 출근길 만원 지하철과 비슷하다. 우리는 다음 열차도 있고 또 다른 대중교통을 이용할 수 있는데도 매일 같은 지하철을 타기 위해 앞만 보고 내달린다. 회사가 내 것이 아님에도 내

공간을 더 넓히기 위해서 남들을 밀어내고, 혹시나 내가 밀려날까 온 힘을 다해서 버틴다. 회사일이든 지하철이든 차분하게 걸어가면 방향을 잃을 확률도 줄고, 매일 가던 길이 아니라 다른 길을 알아내서 더 빨리 도착하는 방법을 찾아낼 수도 있다. 어차피 동일한 목적지로 가는 것이라면 옆 사람과 똑같은 방법으로 꼭 지하철만 타야 된다는 법도 없잖은가. 버스나 택시를 이용하면 지하철보다 편안하고 빠르게 목적지에 도착하는 경우도 있다.

'내가 뛰면 너도 뛰어야지!'
'시키는 대로만 해. 시킨 거나 잘해!'
'당신은 왜 저 사람보다 일처리가 느리지?
'왜 자꾸 내가 시키지 않은 다른 방향으로 일을 하는 거야?'
이런 문화 속에서 일을 하고 있다면 우리는 급하게 지하철을 탈수는 있겠지만 행복하게 탈 수는 없을 것이다. 심지어 리더가 이러한 마음가짐을 갖는다면 자칫 구성원 전체가 반대방향 지하철을 탈수도 있다. 그동안 지하철만 탔기 때문에 꼭 지하철을 타야 한다고 고집한다면 당신은 계속 지하철 창문 밖의 검은 벽만 보면서 세상은 검은 것이라고 판단할 수 있다. 그래서 난 오늘도 나를 치고 뛰어가는 수많은 회사원들의 뒷모습을 보면서 여기저기 두리번거리며 걸어서 지하철을 탄다.

5

당신은 꿈이 있나요?

"혹시 꿈이 뭐예요?"

가끔 주위 사람들에게 질문을 한다. 주위 사람이라고 해봐야 흰색 와이셔츠를 입고 넥타이를 맨 나 같은 회사원뿐이다. 그들은 뭐 그런 걸 물어보냐는 듯 귀찮은 말투로 대답한다.

"당연히 돈 많이 버는 거지! 몇 억만 있어도 내가 당장 그만둔다."

그게 아니라면 퉁명스러운 표정으로 한숨을 쉬면서 대답한다.

"당장 먹고살기도 바빠 죽겠는데 꿈타령 하는 것 보니 넌 먹고살 만한가 보다? 요즘 편하냐?"

그렇게 대충 대답을 하고는 반대로 나에게 물어본다.

"너도 어차피 돈 때문에 회사 다니는 것 아냐? 회사원이 무슨 꿈이 있어?"

그럴 때마다 난 웃으면서 이렇게 대답하고, 상대방은 그동안 몰라봬서 죄송하다는 표정을 지으며 소스라치게 놀란다.

"난 돈은 이 정도면 된 것 같아."

이렇게 대답할 수 있는 이유는 세 가지가 있다.

첫째, 수억 원의 돈이 갑자기 하늘에서 나를 위해 떨어질 리 없다. 내 능력에서 이 정도 살고 있는 것은 나름 최선을 다하고 있기 때문이라고 생각한다. 돈을 더 벌기 위해 퇴근 후 대리운전이라도 한다면 하루에 몇 만 원 정도는 더 벌 수 있을 것이다. 그렇지만 돈 대신 가정과 건강을 잃을 수도 있다.

둘째, 돈이 더 생긴다면 내가 할 수 있는 것이 무엇이 있는지를 생각해본다. 비행기를 타고 해외여행을 떠나 고급 호텔에 묵으면서 호강하기, 넓은 새 아파트로 이사 가기, 한 번쯤은 타보고 싶었던 멋진 자동차 사기 등이 있다. 그런데 나의 작은 소시민적 깜냥으로 볼 때 이렇게 비싼 것들은 하루 이틀이야 좋겠지만 언젠가는 관리하기 힘들어질 것이다. 그것은 마치 신혼여행 중 고급 레스토랑에서 먹어본 살면서 한 번도 접해보지 못한 고급 음식의 맛보다, 숙소에 돌아와 전기포트에 끓여 먹은 한국에서 매일 먹던 컵라면 맛이 더 맛있는 기억으로 남아 있는 것과 비슷하다. 좋은 것일수록 공짜로 주면 얼씨구나 하고 버선발로 달려가 받겠지만 그동안 만난 현실이라는 놈은 절대 그럴 리가 없다.

셋째, 나와 나의 가족들이 큰 질병이 없으며, 각종 법적 분쟁에 말려들어 있지 않다는 것이다. 그리고 지금 내 주위에 대규모 부동산 개발사업, 정치 및 예술 활동, 신규 사업 투자 등 큰돈이 필요한 상황을 만들고 있는 사람이 없기 때문이다. 더 나아가 그렇게 큰일을 할 수 있을 정도로 강력한 삶의 의지와 능력을 가지고 있는 배포 큰 사람이 내 주위에는 없다. 그저 나와 내 주위 사람들은 나와 비슷하게 소소할 따름이다.

세 가지의 이유를 나열해보니 다시 한 번 나의 평범하고 조용한 현실이 고마워진다.

요즘 나의 꿈은 현실과 비현실의 경계선에 놓인 것들이 대부분이다. 순서대로 나열해보자면 내 이야기를 사람들과 함께 나눌 수 있는 글쓰기, 지하철 타면서 항상 궁금했던 한 번도 가보지 못한 지하철역에 모두 가보기, 전화번호부에 저장은 되어 있지만 그동안 연락하지 못했던 사람들을 하루에 한 명씩 만나보기, 연극배우 혹은 개그맨이 되어 대학로에서 공연하기, 바이올린을 연주하거나 기타를 치면서 하모니카 불기, 산이 보이는 강에 배를 띄우고 술 마시기 등 내가 생각해도 어이가 없는 꿈들이 대부분이다.

당첨되지도 않을 복권을 사놓고 '이 돈 생기면 뭐 할까' 생각하기 보다 당신이 지금 하고 싶은 것, 내일 해보고 싶은 것, 현실 때문에 못하고 있는 것을 꿈꾸듯 생각해보면 행복해질 수 있다. 물론 실현

가능성도 없는데 왜 꿈을 꿔야 하냐고 물어볼 수 있다. 그렇다면 당신이 꾸는 꿈은 못하고 있는 것이 아니라 시도조차 안 하고 있는 것과 같다. 나중에 그 꿈을 시도조차 안 해보고 죽으면 분명 후회할 수 있으니 조금씩 시도라도 해보라는 것이다.

　돈은 나 아닌 다른 사람이 만드는 것이고, 나 아닌 다른 사람이 나에게 주는 것인데, 내 꿈이 돈이라고 한다면 그것은 내 꿈이 아니라 다른 사람이 만들어낸 꿈일 수도 있다. 매일 자신만의 꿈을 꾸자. 조금 허황되더라도 언젠가 만에 하나라도 그 꿈이 실현된다면 그 과정조차도 너무 행복하지 않을까?

6

지하철에서 배우는 경영 리스크 헤징 비법

"이번에 내리실 역은 선릉, 선릉역입니다. 내리실 문은……."

이제 한 정거장만 더 가면 회사다. 난 지금도 비교적 빠른 출근이지만 누구보다 더 빨리 출근을 하고 싶다. 마음은 조급해지고 발끝이 저려 제대로 서있을 수조차 없다. 머리는 이미 식은땀으로 흥건해서 뚝뚝 흘러내리고 있지만 닦을 수도 없다. 가빠지는 호흡을 라마즈 호흡법으로 다스리면서 문 옆 은색 손잡이를 꽉 붙잡고 힘겹게 서있다.

"스크린 도어가 열립니다"라는 말이 끝나기도 전에 남들 사정 볼 것 없이 미친 듯이 뛰어서 계단을 올라가고 싶지만 다리에 힘이 풀릴까봐 뛰지도 못한다. 엉거주춤 한 걸음씩 겨우겨우 떼어서 회사 빌딩에 도착한다. 평소 같았으면 1층 로비에 계신 직원분들께 인사를 했겠지만 지금은 웃으면서 인사할 상황이 아니다. 결국 사무실로 올라가는 엘리베이터에 타지도 못한다. 다행히 1층 화장실이 열려 있다. 변기에 겨우 앉아서야 안도의 한숨을 내쉰다.

나는 매일 이런 급박한 전쟁 같은 과정을 반복할 수밖에 없는 '과민성대장증후군'이라는 지병을 앓고 있다. 정확히 언제부터 이 지병이 시작되었는지 기억은 나지 않지만 그 역사를 따져보자면 아마 초등학교에 입학했을 즈음이었던 것 같다. 그 시절 학교에서 대변을 본다는 것은 상당한 놀림의 대상이어서 거의 내일부터 학교에 나오지 않겠다는 선언과도 같았다. 그래서 난 학교 옆에 있던 교회에 자주 갔다. 교회 화장실은 항상 열려 있었다. 그곳에 갈 때마다 앞으로 착하게 살겠다고 다짐하면서 언제나 너그러이 나의 실수를 받아주시는 예수님의 넓으신 은혜에 진심으로 감사했다.

문제는 중학생이 되면서부터다. 중학교는 버스를 타고 약 40분을 가야 하는 곳에 있었다. 통학버스가 있었지만 입학하고 한 달밖에 타지 못했다. 통학버스 안에서 배가 아프면 방법이 없기 때문이었다. 아침에 통학버스는 오르는 친구들만 있었기 때문에 만약 배가 아파서 내린다면 그것은 백 퍼센트 놀림감이 될 터였다. 결국 중학교 시절 내내 편하게 등교할 수 있는 통학버스를 타지 못하고 언제 어디서든 자유롭게 타고 내릴 수 있는 시내버스를 이용해야 했다.

과민성대장증후군 환자가 시내버스를 올바르게 이용하기 위해서는 지나가는 주요 정류장 주변 건물의 화장실 위치를 모두 파악해야 했다. 특히 이른 아침에는 상가건물 화장실이 잠겨 있는 경우가 많으므로 직장인들이 출근해서 있을 법한 사무실의 위치를 파악하는 것이 관건이었다. 그렇게 고등학교 시절까지 등굣길 빌딩 화장실의 도움을 받아 무사히 졸업한 뒤 다행히 지하철이 닿는 대학교에 입학하게 되었다.

대학교 시절부터는 이러한 위기에서 조금 자유로워졌다. 지하철역에는 대부분 화장실이 있기 때문에 배가 아프면 도중에 내려 쉽게 해결할 수 있었다. 무엇보다 좋은 점은 화장실을 들렀다가 지각을 해도 혼나지 않는다는 것이었다. 등교시간이 학생들마다 모두 다르기 때문에 누가 왜 지각을 했는지 아무도 궁금해하지 않았다. 군시절도 걱정했던 것보다는 무난하게 지나갔다. 다행인지 불행인지 민간인 통제구역으로 배치가 되었고, 이 지역에서는 내 발이 닿을 수 있는 대자연의 모든 곳이 화장실이었다. 조심해야 할 것은 사람의 시선이 아니라 말 못하는 멧돼지들의 공격과 철조망 안쪽의 지뢰뿐이었다.

난 오랜 시간 동안 나의 지병을 다스리기 위해서 여러 방법으로 리스크 헤징 방안을 생각해왔다. 특히 지하철로 출근을 하면서 리스크가 곧 발생할 것 같은 신호가 올 때 대처하는 방법에 대해서 소개하고자 한다.

첫째, 내 대장의 능력치와 한계치를 체크하기 위해 과거를 돌아본다. 어제 평소와 다르지 않은 음식을 먹었다면 배가 아파도 조금 더 참고 출근을 강행할 수 있다. 그렇지만 평소와 다르게 어패류나 날것, 기름진 음식 그리고 여러 종류의 주류를 섭취했다면 당황한 내 대장은 리스크 대처능력이 현저하게 떨어질 수 있기 때문에 위험하다.

둘째, 중간에 내리면 지각을 하게 될지 계산해본다. 중간에 내려 플랫폼에서 화장실까지 왕복 5분, 화장실 사용시간 10분, 혹시 모를 화장실 변기 앞 대기시간 5분, 도합 20분의 시간을 여분으로 가지고 있어야 한다. 실제로 출근시간에 지하철 화장실에 가보면 나와 비슷한 많은 회사원들께서 리스크를 헤징하고 계시는 경우를 목격할 수 있다.

셋째, 시간 계산을 해본 결과 지각을 할 것 같다면 현재 배변 리스크에 따른 기회비용을 분석해본다. 내가 하루 동안 버는 일급여가 10만 원 정도라면 거꾸로 10만 원을 받고 지금 당장 리스크가 바지 속에서 폭발해도 되는지 따져본다. 조금 더러운 상상이지만 이렇게 분석해보면 돈을 버는 것보다 당장의 리스크 헤징이 더 중요하다는 결론이 나온다. 결국 초대형 리스크가 어느 정도 예측이 된다면 그 리스크가 지금 당장 내부에서 폭발하기 전에 지하철에서 내려 화장실에 빨리 가서 현재의 리스크를 감소시키는 것이 몸과 정신건강에 이롭다. 슬프게도 이러한 리스크가 자주 발생하는 나와 비슷한 사람이라면 매일 아침 30분 정도만 일찍 출근해도 언제든 리스크 헤징이 충분히 가능하다.

회사에서 하는 프로젝트의 의사결정 역시 앞서 말한 배변에 따르는 리스크 헤징 활동과 더럽게도 비슷하다. 우리는 회사에서 어떠한 일을 진행하고자 판단할 때 미래의 수익만 보고 판단하거나 과거의 업적을 기반으로 의사결정을 내리는 경우가 많다. 특히 현재 당신만 알고 있는 내부에 감추어진 리스크는 남들의 눈에 보이거나 계산될 수 없기 때문에 당신 이외의 사람들은 알아차리기 힘들다. 만약 당신의 뱃속에서 당신만 느낄 수 있는 리스크가 폭발할 위험이 잠재해 있다면 과거고 미래고 따져볼 것 없이 어서 프로젝트라는 지하철에서 내려야 한다. 그래야 초대형 불상사를 막을 수 있고 다음 차를 마음 편하게 탈 수 있다. 이번 판은 중간에 내렸다고 너무 걱정하지 말지어다. 조금 늦었다고 상사에게 혼나도 좌절하지 말지어다. 분명한 사실은 지하철과 기회는 금방 또 온다는 것이다.

7

그냥 그런 3등짜리 인생

"넌 아무리 열심히 잘해도 그냥 3등만 하니까 앞으로 네 별명은 3등만이다."

학창시절 선생님은 공부도 그냥 무난한 수준이고 교우관계도 그냥 원만한 수준이었던 나에게 '3등만'이라는 별명을 지어주셨다. 시험이든 달리기든 인기투표든 1등을 해보고 싶었지만 아무리 노력해도 안 되는 걸 어떡하랴. 물론 반장도 해보고 싶었고, 회장도 해보고 싶었다. 그러나 나는 뭐든지 무난하게 두루두루 그냥 원만한 그런 수준이었다. 학창시절 단 한 번도 반장이나 회장 같은 감투를 써본 적이 없다. 반장이 되지 못한 스토리도 다양하다. 한번은 친구의 추천으로 선거에 나가게 되었다. 그런데 결과는 놀랍게도 단 한 표 차이로 낙선한 것이 아니라 단 한 표를 받아서 떨어졌다. 그것도 그 한 표는 내가 찍은 소중한 한 표였다. 나는 너무 어이가 없어서 날 추천한 친구에게 물어보았다.

"넌 날 추천했으면서 왜 날 안 찍었냐?"

"생각해보니 넌 안 될 것 같아서 안 찍었어. 근데 네가 찍은 한 표는 정말 웃기지 않냐?"

교실은 웃음바다가 되었고 난 유희성을 인정받아서 반장 대신 오락반장이 되었다.

반장이 되지 못한 두 번째 스토리는 더 극적이다. 이번에는 진짜 한 표 차이로 떨어졌기 때문이다. 더욱이 그 한 표가 무효표여서 떨어지게 되었는데, 누군가 투표용지에 내 이름 대신 '중국인'이라고 써낸 것이 화근이었다. 내가 아무리 한국인보다 중국인과 유사하게 생겼어도 이름이 '중국인'은 아니었으니 무효표가 되었다. 난 이날 내 얼굴을 인정받아서 제2외국어인 중국어 수업시간마다 어학기와 괘도를 미리 준비하는 중국어 수업반장이 되었다.

돌이켜보면 살아오면서 1등이 안 되는 그 순간은 힘들었다. 그러나 언젠가부터 그것에 익숙해져서 다들 1등만 외칠 때 '난 그냥 3등만이 어울려'라고 생각하고 스스로 위로하면서 살았던 것 같다. 목표를 높게 잡아야 높은 사람이 된다는 높으신 분들의 말씀도 일리가 있지만, 3등도 1등처럼 튀지 않을 뿐이지 못하는 건 아니니깐 대체로 만족이다. 시간에 맞춰 회사에 출근하면 1등으로 출근해서 남들보다 더 일찍 업무를 하고 계신 분들이 많다. 연말이면 항상 괄목할 만한 성과로 회사의 1등 직원 포상을 받는 분들도 있다. 나도 사실 1등이라는 것을 해보고 싶지만 이미 3등으로 길들여진 머릿속 엔진은 '1등 하려다 괜히 무리해서 부러지지 말고 무난하게 3등 정도 하면 되지'라며 피식 웃고 그냥 넘어간다. 3등이 있어야 1등도 있고, 2등도 있을 테니 눈에 잘 띄지 않는 3등만의 회사생활은 오늘도 그럭저럭 그냥저냥 원만한 수준으로 괜찮다.

8

보이지 않아도 볼 수 있는 아름다운 세상

"숫자가 없어요. 안 보여요. 이건 16, 이건 3, 안 보여요."

초등학교 1학년 신체검사 시간에 나는 선생님이 손가락으로 가리키는 색맹검사책 안에 그려진 숫자를 읽지 못했다. 난 그렇게 생활기록부상 '비정상'인 아이가 되었다. 그해 겨울방학 아버지는 색맹검사책을 사오셨다. 그리고 나에게 한 장 한 장 읽어주시면서 말씀하셨다.

"자, 잘 보렴. 이제부터 살면서 네 눈에 3으로 보이면 그건 사실 8이야. 이렇게 외워야 어디 가서 비정상이라는 말을 듣지 않는단다."

그렇게 나는 내 눈에는 3으로 보여도 비정상적으로 8로 대답해야 '정상인'으로 기록되는 비정상적인 인생을 살아왔다. 동백꽃이 어디에 피었는지, 산에 단풍이 어디에 들었는지 보이지 않았지만 꽃은 아름답다고 말했고, 단풍은 알록달록 예뻐야만 했다. 어렵사리 운전면허도 땄으며 군대도 정상으로 다녀왔다. 물론 사격 시간마다 산속에서 튀어나오는 초록색 과녁은 도저히 보이지가 않았고, 훈련 중 하늘에서 터지는 신호탄의 색깔을 구분할 수 없었기 때문에 상당히 힘든 시간을 보냈다. 전역 후 사회에 나와서는 다행히 어린 시절 아버지께서 알려주신 3을 8로 읽는 방법으로 신체검사를 통과해서 평범한 회사원이 되었다. 그래서 오늘 이렇게 컴퓨터 앞에서 거북목을 하고 앉아서 일을 하고 있다.

하루는 한 직원이 엑셀 프로그램으로 표를 만들어 보고를 하는데 모두 똑같은 색깔이었다. 그래서 불러놓고 다그쳤다.

"아니 김대리. 이거 셀 구분 안 되게 다 똑같은 색으로 만들어오면 어떡해?"

"저어…… 이거 모두 다른 색인데요?"

후배에게 미안한 마음도 들고, 내가 잘 볼 수 있게 직접 다시 작업해서 팀장님께 보고하자 팀장님은 눈을 동그랗게 뜨고 말씀하셨다.

"셀 색깔이 촌스럽게 도대체 이게 뭐야? 빨강, 노랑, 파랑."

언젠가부터 삶의 요령이 생겨서 엑셀의 색 구분은 무채색의 음영으로 하고, 운전은 신호등에 불이 켜진 순서를 보고 한다. 이렇게 살면 남들과 다르게 보이더라도 남들과 비슷하게 맞춰서 살 수는 있다. 어린 시절 아버지가 사다주신 색맹검사책에는 답이 있었는데 답이 없는 사회에서는 요령이 답이다.

 내가 보지 못하는 세상이 있듯이 남들도 나처럼 사실 똑같은 세상을 서로 다른 세상으로 보고 있을지도 모른다. 내가 아름답다고 말하는 것이 남에게는 보기 싫은 것일 수도 있다. 내 마음속에는 항상 이런 생각들이 차지하고 있다. 그래서 다른 사람들이 나의 의견이나 자신의 의견에 동의하는지 물을 때면 "그렇게 볼 수도 있겠네요"라며 색깔 없이 대답을 하게 된다. 이런 이유로 난 사람들과 토론이나 언쟁을 잘 하지 않으며, 내가 먼저 말을 길고 유창하게 하지도 않는다. 언제 어디서든 그리고 누구든지 내가 보고 생각하는 세상과 다를 수 있기 때문에 반대 의견을 들으면 "그럴 수도 있네요"라는 말로 싱겁게 인정해버린다.

 3을 8이라고 하면서 살아온 나 역시 가끔 답답할 때가 있다. 그러나 내가 내 눈에 보이는 대로 8을 3이라고 해도 다른 사람 눈에 8은 8이지 3은 아니다. 그렇게 생각해보면 우리에겐 3도 맞고 8도 맞을 수 있다. 이렇게 다 같이 색약으로 살면 세상은 정상과 비정상이 없는 아름다운 세상이 되겠지.

이제부터 일보다 사람이
힘든 일을 시작합니다

2장

1

갑갑한 회사에서 을의 생존법

"갑질이 너무 심해요. 내가 왜 이런 회사를 다녀야 하는지 자존감도 없어지고, 화는 나는데 울고 싶어요."

한 후배 직원이 울먹이며 말했다. 심한 모욕감에 힘들어하던 그 후배는 마치 주인을 잃어버린 채 밥도 굶고 소나기까지 맞은 강아지마냥 떨고 있었다.

사회나 조직에서 두 사람이 모이면 그중에 갑이 있고, 반대로 을도 있다. 사람이 세 명 이상 모이면 갑이 있고, 을이 있으며, 마지막으로 갑의 편을 드는 또 다른 을이 있다. 머슴 잡는 건 양반이 아니라 마름이라고 했다. 갑질 문제도 대부분 진짜 갑이 아니라 마름 같이 갑인 척하는 을에게서 비롯되는 경우가 많다. 그들은 주로 거래처, 고객님, 클라이언트, 관리자, 임원 등의 이름으로 불리는데, 아랫사람으로 보이는 을이 실수를 하는 경우 죄를 묻고 그에 상응하는 대가를 치르게 해주는 이른바 멍석말이와 같은 갑질을 즐긴다.

이런 충실한 마름 덕분에 양반은 온화하고 착한 사람 노릇을 할 수 있다. 머슴은 이 사실도 모른 채 마름을 미워하고 가끔 호의를 던져주는 양반을 우러러보거나 칭찬하기까지 한다. 실제로 회사원들이 본인의 관리자인 팀장이나 담당 임원은 미워하면서도 저 높은 곳에 계신 사장님이나 회장님은 존경하는 것과 비슷하다.

결국 하나씩 따져보면 갑질을 하는 사람도 진짜 갑이 아닌 경우가 대부분이다. 클레임을 거는 고객들도, 반려가 주특기인 관리자들도 갑인 줄 착각하고 살지만 모두가 을이다. 더 정확히 표현하자면 갑인 척하는 을이다. 그들이 사실 갑이 아니라는 이 사실 하나만으로도 위로가 되지 않는가?

물론 생산수단을 직접 소유하고 있거나 노동법일랑 덮어두고 누구든 해고할 수 있는 막강한 권력을 가진 진짜 갑님들도 계신다. 그런데 그들 역시 평생 모든 순간을 갑으로 살 순 없다. 쉬운 예로 배가 아파 공중화장실에 갔는데 뒤처리할 수 있는 휴지가 없으면 휴지를 가진 자로부터 을이 될 수밖에 없다. 즉 영원한 갑은 없으며, 상황에 따라 누구든지 언제든지 갑이 을이 될 수도, 을이 갑이 될 수도 있다는 것이다. 갑질을 하는 사람도 속으로는 본인도 다른 상황에서는 을이 될 수 있다는 사실을 알고 있을 것이다. 그래서 더욱 갑질을 할 수 있는 상황에서 갑인 척 갑질을 하나보다. 직장에서도 사회에서도 우리가 살아가는 곳은 언제 어디든 영원한 갑도 을도 없는 작은 연못에 불과하다.

2

하찮은 업무만 자꾸 시켜서 자존감이 무너진다면

"내가 이 연봉 받고 겨우 이런 일 하러 온 줄 알아?"

신입사원 시절 유난히도 회사생활을 힘들어하던 한 동료가 옥상으로 나를 불러놓고는 푸념하듯 말했다. 그는 대한민국에서 공부를 제일 잘하는 사람들이 들어간다는 하늘 위의 대학교를 우수한 성적으로 졸업했다. 각종 공모전 입상은 물론 해외유학까지 다녀오는 등 입사 전 경력도 무척이나 화려했다. 그 친구는 졸업하고 회사에 오면 뭔가 화려한 기획서를 만들고, 명품 정장을 입은 임원진이 지켜보는 가운데 프레젠테이션을 해서 해외 바이어를 감동시키고, 악수를 하고 이름이 새겨진 만년필로 서명도 하고 기념사진도 찍고 비행기를 타는 꿈을 꾸었나보다. 그러나 그 친구의 주된 업무는 출장 나가는 담당 임원의 차량 운전과 가방 챙기기 정도였다.

처음 회사에 오면 아무리 영어를 잘한다고 하는 토익 만점자도 에이포, 엑셀, 커피, 컴퓨터 정도의 영어를 구사하게 된다. HSK 6급 정도 되면 가끔 양꼬치집에서 열리는 회식자리에서 꿔바로우와 연태고량주를 남들이 지켜보는 가운데 정확한 중국어 성조와 발음으로 주문할 수 있다. 그것이 싫어서 '내 능력이 얼마큼인데 나한테 겨우 이런 일을 시켜?' 하며 회사를 뛰쳐나가면 다른 회사에서 다시 에이포부터 시작해야 한다. 이런 상황이 계속되어 절망적이라고 생각될 땐 우리 모두 거꾸로 생각해보자. 어느 날 갑자기 담당 임원이 당신을 조용히 임원실로 불러 이렇게 말했다고 가정해보자.

"이번 신사업은 회사의 존망이 달려 있는 아주 중요한 업무라네. 그러니 당신이 직접 기획하고 출장을 가서 워런 버핏이나 손정의 회장을 만나게. 그리고 그 앞에서 프레젠테이션을 하고 10억 달러 정도의 투자를 유치해 오도록 하게나."

조금 과한 설정이라 생각할 수도 있겠지만, 당신이 신입사원인데 회사에서 이런 엄청난 업무 지시를 받는다면 '겨우 이런 일'이 아닌 '어떻게 이런 일'을 시키냐며 푸념을 할 것이 분명하다. 일반적인 회사라면 어려운 업무일수록 직급이 높은 사람들이 하고, 쉬운 업무일수록 직급이 낮은 사람들이 하는 것이 당연한 이치다. 직급이 높을수록 눈에 쉽게 보이지는 않지만 오랜 경력과 인맥 그리고 노하우가 있기 때문이다.

현재 당신의 상황을 긍정적인 방향에서 생각해보자. 어려운 일을 하는 대신 운전을 하거나 아니면 가방이나 들고 다니다가 회사에 돌아와 파티션에 숨어서 컴퓨터를 보고 가끔 허리 아프면 복사하는 척하면서 복합기 앞에 서있는 것도 편하지 않은가? 또 생각해보면 그저 운전을 하거나 가방을 들고 다니는 것으로 보일지 몰라도 사실 당신은 그렇게 임원의 가방에 담기는 중요한 서류들을 보고 있는 것이며, 만나야 할 거래처와 사람을 소개받고 있는 것이다. 어느 회사를 가더라도 이런 숨겨진 의도를 전혀 알아차리지 못한 채 아무 생각이나 학습효과 없이 가방만 들고 다니면서 발전 없이 천수를 누리고 계신 분들도 있을지니 너무 죄의식을 갖진 말자. 이러한 분들이 남의 눈에 잘 띄지 않고 오래 살아남는 데에는 다 그들만의 노하우가 있기 때문이다. 그러나 아쉽게도 그 노하우는 회사생활의 올바른 경로가 아니기 때문에 쉽게 전해지지 않는다.

회사생활에서 자존감이 낮아질 땐 '이번은 상대적으로 쉬운 일이군. 뭐 언젠가는 도움이 되겠지' 생각하면서 흠흠하고, 어려운 과제로 업무가 과중될 땐 '이번엔 나를 드디어 인정하는 일이군. 뭐 좋은 경험이 되겠어' 생각하면서 흠흠해야 한다. 그러면 회사에서 당신에게 시키는 모든 일에 흠흠하며 오래 다닐 수 있다. 모든 일이 알게 모르게 의도가 있는 것들이기 때문에 제멋대로 상황을 판단하거나 지나치게 과몰입을 하면 스스로 지쳐서 나가떨어질 수 있다. (흠흠하다: 남의 일처럼 모른 체하다.)

3

누군가 나를 욕할 때의 대처법

"회사는 일보다 사람이 제일 힘들어."

오늘도 회사원들은 많은 말들로 서로 상처를 주고 상처를 받는다. 우리는 상처를 받고 힘들어하면서 생각한다. '그 사람은 왜 나한테 그러는 걸까? 내가 잘못한 것도 아닌데'라는 근원적인 질문을 스스로에게 던지고 그에 대한 답을 찾기 어려워서 또 다시 힘들어한다.

가끔 뉴스를 보면 '저 사람은 도대체 왜 저럴까?' 생각될 정도로 이상한 말과 행동을 하는 정치인, 종교인, 사업가 등이 있다. 그들은 의외로 부유한 집안에서 나고 자라 좋은 대학교를 졸업하고 각종 고시까지 합격한 사람들로 나와는 비교도 되지 않을 정도로 우리 사회의 초엘리트인 경우가 많다. 그렇게 볼 때 그들의 이해력이 나보다 현저히 부족하거나 사람들을 미워해서 그렇게 하는 것 같지는 않다.

회사에서도 마찬가지다. 당신에게 이상한 말이나 행동을 하는 이유는 당신이 싫거나 미워서가 아니다. 지식이 부족하거나 나쁜 사람이어서도 아니다. 굳이 따져보자면 그저 당신과 생각이 다른 사람일 뿐이다. 또 다른 방향에서 사람들이 당신에게 이상한 말을 하는 이유를 생각해보자면, 인정하기는 싫겠지만, 그나마 당신이 남들보다 만만해서다. 다들 사장님이 없는 술자리에서는 불만 가득한 표정으로 욕하다가도 사장님 앞에서는 밝게 웃지 않는가. 사장님은 만만하지 않으니까.

네 욕도 내 욕도 듣기 싫은가? 회사에서 만만하지 않게 보일 수 있는 방법이 두 가지 있다. 먼저 '내가 이 구역의 미친개다'라는 인식을 당신의 상하좌우에 있는 사람들에게 심어주는 것이다. 누구든지 당신에게 업무를 지시하거나 협조를 요청하는 순간 엄청난 반박 논리를 만들어서 짖어대면 된다. 그러면 직급이 높고 낮음은 상관없이 당신에게 쉽게 다가서지 못할 것이다. 이것은 가장 즉각적인 효과를 보여주지만 나보다 더 미친개처럼 행동하는 상사에게 잘못 시전했다가는 제대로 물려서 영혼까지 발골될 수 있으니 조심해야 한다. 또한 이 방법은 회사생활의 영속성이 보장될 수 없으니 각별한 주의가 필요하다. 만약 이렇게 할 용기가 없다면 당신이 빨리 성장해서 욕하는 사람들의 인사권을 가지면 된다.

두 번째 방법은 시간과 노력이 많이 든다. 현재의 동료는 물론이고 상사보다도 빨리 진급을 해야 하기 때문에 엄청난 성과를 내야 하고, 회사에서 두루두루 인정받아야 한다. 이것은 그나마 정상적인 방법이지만 당신이 상사가 되어서 권력과 직급을 이용하여 다른 사람들을 대하면 당신은 당신이 그렇게 증오했던 꼰대가 될 수 있다.

위의 두 가지 방법을 실행하기 겁난다면 다시 원점으로 돌아와서 생각한다. '저 분은 나한테 관심이 있어서 저러나봐'라고 생각하면서 다이어리에 하트를 그려보자. 당신이 회사에서 편한 존재고, 누군가 와서 속내를 털어낼 수 있는 존재라는 것이 당신이 회사에 존재하는 이유일 수도 있다. 사람들은 진짜 싫은 사람하고는 싫은 말조차도 하지 않기 때문이다. 회사에서는 싫은 사람 앞에서 억지로 웃다가도 퇴근 후 회사 밖에서 편하게 생각하는 가족이나 친구들 앞에서는 억눌린 짜증이 폭발하는 것과 비슷하다. 당신을 욕하는 사람들은 당신을 자신의 가족이나 친한 친구처럼 편하게 생각해서 이상한 말도 하고 화도 내는 것이다. 이렇게 생각하면 오늘도 편하지 아니한가.

4

모두가 행복해지는 인사법

"여사님, 더운데 고생이 많으십니다. 감사합니다."

내가 한때 모셨던 회장님은 길을 가면서도 전단지를 나눠주는 분들과 꼭 인사를 하고 가끔 악수도 하면서 전단지를 받으셨다. 나는 회장님보다 앞서가며 혹시 회장님의 걸음에 방해가 될까봐 인상을 쓰면서 그분들을 외면하고 지나갔다. 회장님이 먼저 인사하고 전단지를 받는 데에는 3초도 걸리지 않았다. 똑같은 3초의 시간 동안 회장님은 사람들에게 웃음을 주셨고, 난 분노와 실망을 주었다.

우리는 직급, 지위, 경제력이 높은 속칭 '윗사람'이 될수록 아랫사람에게 인사하는 것에 인색해진다. 심지어 아랫사람이 윗사람에게 인사하는 것을 당연하게 생각한다. 학창시절에는 선생님에게 수업

전에 항상 '차렷, 경례'를 했고 군대에서는 짬이 안 될수록 각을 잡고 먼저 경례를 해야 했다. 그러면 윗사람은 지나가면서 시큰둥하게 경례를 받아줬다. 회사에서도 인사를 하는 것은 똑같다. 혹여 상사를 못 보고 지나치면서 인사를 하지 않으면 윗분께서는 "요즘 잘나가시는지 목이 많이 **뻣뻣**해졌어"라며 내 건강과 재정상태까지 염려하는, 진실된 마음에서 우러나오는 인사를 해주신다. 그런데 정성을 다해서 인사하면 역시나 시큰둥하게 받아주신다.

인사는 상호간의 예의다. 서로 못 본 사이에 상대가 잘 지냈는지, 식사는 하셨는지 혹은 안녕히 주무셨는지 등 안부를 묻는 것이다. 그런데 곰곰이 생각해보니 오늘 하루를 잘 지낸 사람은 아무리 봐도 내가 아닌 윗사람인 것 같은데 아랫사람이 먼저 윗사람들의 안부를 묻는 것이 아이러니하다. 아랫사람이 먼저 인사하는 걸 조금 과장해서 비유하자면 내가 나보다 한참 윗사람으로 판단되는 미국 대통령에게 "요즘 돈벌이는 좀 괜찮니? 어젯밤에는 편한 침대에서 잤니? 건강식품은 잘 챙겨먹니?"라고 걱정하는 꼴이다.

오늘은 사람을 만나면 위아래 없이 먼저 인사를 해보자. 사회에서는 인사하는 순서를 지위, 직급, 경제력으로 결정한다. 그러나 사실 사람을 나누는 선은 그런 것들이 아니다. 그렇기 때문에 인사는 위아래 순서 없이 누구든 먼저 하면 되는 것이다. 이렇게 진심어린 인사를 하고, 더 반가운 마음으로 악수도 꼭 하고 다니면 모두 다 밝게 웃으면서 "차기 대선이라도 나가시는 거예요?"라고 물을 것이다. 인사를 할수록 세상살이에 지친 사람들에게 웃음도 주고, 나는 대통령감도 될 수 있다.

5

퇴근과 휴가에 꼬리표를 붙이면 안 되는 이유

"일찍 퇴근해서 뭐하게? 어차피 집에 가도 할 거 없잖아?"

퇴근시간이 한참 지나 인터넷 쇼핑을 하던 팀장님이 나를 노려보며 말했다.

"먼저 들어가서 죄송합니다. 저 집에 급한 일이 있어서요."

나는 최대한 불쌍한 표정을 지으며 기어드는 목소리로 기어 들어가겠다고 말했다.

"그래 가! 내가 못 가게 했냐? 근데 저녁은 안 먹고 가게?"

그렇게 나는 늦은 시간에 저녁까지 먹고 나서야 비로소 집에 갈 수 있었다.

상황은 휴가를 상신했을 때도 비슷했다.

"뭐 급한 일 있어? 휴가 왜 올렸어? 어디 가?"

"놀러가기로 해서요"

"누구? 가족? 어디로 가? 해외야?"

"그냥 가족끼리 놀러가요."

나는 난감해했고, 팀장님은 똑같이 대답했다.

"아니야 왜 그래. 내가 못 가게 했냐? 근데 내가 말한 그건 다 끝내고 가라."

하루는 팀장님이 휴가를 쓰셔서 나도 똑같이 물어봤다.

"팀장님, 혹시 휴가 왜 쓰셨어요?"

"네가 그걸 왜 물어?"

"혼자 어디 좋은 데 가시나 해서요. 누구랑 가세요?"

"가족이랑 가지 누구랑 가냐?"

"아니 다른 분들이랑 가시나 해서요. 어디 가세요?"

"너 요즘 진짜 왜 그래?"

팀장님은 나를 굉장히 이상한 사람으로 취급했다.

월급날이 되어서도 팀장님께 물어봤다.

"팀장님 월급 많이 받으셨어요?"

"쥐꼬리만 한 월급 매번 똑같지. 왜?"

"아니 저보다 연봉도 높으신데 다 어디에 쓰시나 궁금해서요."

"네가 내 돈 어디에 쓰는지 왜 궁금하냐? 너 요즘 진짜 이상하다. 교육비, 생활비랑 이자 내면 끝나. 왜?"

"그렇게 많이 받으시는데도 부족해요?"

"아니 그러니깐 내 돈 내가 어디에 쓰든 네가 무슨 상관이야!"

　여러 차례 실험한 결과, 팀장님도 본인이 나에게 자주 하는 질문들이 정상적인 질문이 아니라는 것을 알고 있다는 것을 확인할 수 있었다. 그렇다면 팀장님은 왜 팀원의 사생활을 궁금해할까? 사무실에서의 오랜 실험과 연구 결과, 그분들이 남의 사생활을 궁금해하는 건 그냥 젊은 사람들의 삶이 재밌어 보여서다. 우리가 인터넷을 보면서 연예인의 사생활을 궁금해하듯이 '젊고 예쁜 사람들은 요즘 어떻게 사나?' 정도의 관심이다. 팀장님이 본인의 입으로 직접 말씀하셨다시피 휴가 못 가게 하거나 퇴근 못 하게 하려고 물어보는 것이 아니다. 그러므로 그 이상의 관심은 없으니 젊은이들은 팀장님의 참견과 질문에 부담을 느끼지 말지어다. 중요한 업무를 인수인계 했다면 너무 신경 쓰지 말고 갈 수 있을 때 편하게 가자. 휴가랑 퇴근도 월급처럼 노동에 대한 대가이므로 왜 받는지에 대한 이유는 불필요하다.

　월급날 팀원이 팀장님께 찾아가서 "월급 왜 주셨어요? 이거 어디에 써야 해요?"라고 묻지 않듯이 팀장님도 팀원들이 휴가를 쓸 때

"왜 휴가를 쓰냐?"라고 묻지 말자. 휴가와 퇴근은 국가에서 보장한 권리이기에 개인이 이 권리를 무조건적으로 박탈하고자 한다면 그 개인은 과연 본인이 국가보다 높은지 생각하고 행동해야 한다. 만약 조직에서 당신이 관리자이며 당신의 권한이 국가보다 높은 상황이라면 그것은 친분과 존경을 통한 다스림이 아니라 공포를 통한 독재임을 스스로 알아야 한다. 실험 결과 우리 모두가 본인이 가지고 있는 권한과 책임의 범위를 명확히 알고, 서로 적당한 거리를 가져야 모두가 행복하다는 것을 확인할 수 있었다.

6

싫은 사람들이 회사에 있는 이유

"진짜 저런 사람은 회사에 왜 있는 거야?"

밀폐용기 속 푹 쉰 김치처럼 오늘도 내 뚜껑은 폭발하기 직전이다. 꾹꾹 눌러 담은 뚜껑 사이에서 김칫국물이 부글부글 끓어오르듯 내 피도 끓어오른다. 곧 폭발할 것 같지만 일할 시간도 부족하기에 어쩔 수 없이 오늘 점심 메뉴는 구내식당 급식이다. 무심하게 툭 던지듯 퍼주는 국과 반찬, 구내식당 급식은 선택의 여지가 없다. 날씨도 좋은데 밖에 나가 내가 좋아하는 사람들과 내가 좋아하는 음식을 먹고 싶다. 그렇지만 어쩔 수 없이 내가 좋아하든 안 좋아하든 와이셔츠 입은 회사 사람들로 가득한 구내식당에서 선택의 여지없이 짜인 식단으로 밥을 먹는다. 회사에서 시키는 대로 일을 하는 것처럼 도무지 맛도 재미도 없다.

화가 나고 맛이 없어도 목구멍이 포도청이라 식판만 응시한 채 입 속으로 밥을 우겨넣다 보니 내 앞의 식판이 마치 회사 같다. 구내식당에서 제공하는 식판 밥을 먹지 않고 밖에 나가서 먹는다면 내가 좋아하는 것을 시켜먹을 수 있다. 싫어하는 사람이 내가 들어가려는 식당에 먼저 들어가 있다면 다른 식당에 가면 된다. 그러나 구내식당에서 메뉴를 선택할 수 없듯 회사에서도 사람을 선택할 수 없다. 또한 회사 사람들이 한 명 한 명 모두 다르듯이 식판 하나하나 같은 반찬이 없다. 내가 좋아하는 반찬이 있는가 하면 '저 반찬은 식판에 왜 있지?' 싶은 싫어하는 반찬도 있다.

나는 고기를 좋아하고 나물을 싫어하는데 누군가는 나물을 좋아하고 고기를 싫어한다. 그렇다면 고기가 좋고 나물이 나쁜 것인가? 또 그렇다면 내가 좋아하는 고기는 내 몸에 좋고, 내가 싫어하는 나물은 내 몸에 나쁜 것인가? 이렇게 생각해보니 좋고 싫음과 이로움과 해로움의 기준은 순전히 내 주관적인 판단이며 몸속 영양을 전혀 고려하지 않은 독단적인 결정이었다. 식판의 반찬을 모두 비우며 생각해보니 회사에서 내가 싫어하는 사람도 누군가에게는 좋은 사람일 수 있겠다. 내가 쓸모없다고 생각하는 사람이 내가 몰라서 그렇지 사실은 영양가가 있는 사람일 수도 있다. 아무리 내가 잘나고 일을 잘한다고 생각해도 누군가는 나를 보고 '저 사람은 왜 회사에 있지?'라고 생각할 수도 있는 일이다. 오늘도 식판을 비우며 마음속의 미움을 비운다.

7

윗사람들이 돌아가면서 결재를 안 해줄 때

"뭐 결재 하나 올리면 다들 욕해요. 예산 없다, 이런 거 왜 하냐, 너네 팀 할일 없냐……. 저도 시켜서 하는 건데 왜 다들 저한테 욕하는 걸까요?"

최종 결재를 받기까지 수많은 협조란에 자리 잡고 있는 다른 팀의 팀장님들 서명을 받기 위해서 오늘도 찾아가는 서비스로 친절하게 방문해서 욕만 실컷 먹고 왔다. 동물원의 사파리 버스처럼 내가 지나가는 곳마다 울타리 속에 자리 잡은 맹수들이 나와서 내 결제서류들을 할퀴고 물어뜯었다.

"일 좀 하겠다는데, 아니 솔직히 밀하면 나도 시켜서 하는 건데 왜 다들 못 잡아먹어서 안달인가요?"

불평하는 나에게 차장님은 조용히 말씀해주셨다.

"이 멍청한 사람아, 왜 일을 해서 이 팀 저 팀 여러 사람한테 돌아다니면서 욕을 먹고 다니나? 처음부터 아예 일을 하지 마! 네가 일을 안 하면 여러 사람한테 욕먹을 필요가 전혀 없어. 오직 네 팀장 딱 한 명한테만 욕먹으면 끝나는 일이야!"

일을 안 해도 날짜가 되면 월급은 나오고, 일을 더 한다고 월급이 더 나오진 않는데 왜 이렇게 힘들게 살고 있는지, 누굴 위해 일하는지 고민을 한다. 언제부터인지 나와 회사는 하나가 되어 마치 회사 일을 잘못하면 내 인생이 박살나는 것처럼 나 스스로 옭아매고 살고 있었다. 오늘도 무언가 잘못했을까봐, 그래서 남들한테 욕을 먹을까봐 걱정되어서 늦게까지 퇴근하지 못했다. 혼자 남아 있다고 문제들이 해결되지 않는 것을 알면서도 모니터 앞에서 끙끙 앓고 있는 나에게 스트레스를 그만 주고 위로의 주문을 걸어보자.

'조금 늦으면 어때?'
'욕 좀 먹으면 어때?'
'저 사람들은 너를 욕하는 게 아니라 그냥 일을 하기 싫은 사람들일 뿐이야.'
'너 혼자 열심히 일을 다 한다고 해서 회사의 이익이 좋아지는 것도 아니야.'
'직급도 낮은데 서명해달라고 자꾸 찾아와서 일을 시키니깐 얼마나 짜증이 나겠니? 그래서 괜히 그러는 것이니깐 신경 쓰지 마.'

'산과 들이 잘못해서 내리는 비가 산과 들을 적시는 것이 아니듯이, 네가 잘못해서 팀장들이 네 얼굴을 욕으로 적시는 것이 아니야. 그것은 그냥 하늘에서 떨어지는 비 같은 거야.'

8

상사의 마음을 맞출 때까지 희망고문이 계속될 때

"야, 너 다시 나와. 네가 왜 또 맞는지 알아?"

학창시절 엉덩이를 한 대 맞고 아파하는 나에게 선생님은 몽둥이를 들고 물어보셨다.

"잘 모르겠는데요."

"그럼 다시 대.""

몽둥이는 다시 내 엉덩이를 가격했다. 난 왜 또 맞았는지 모르는 상태로 제자리로 들어갔다.

"야. 너 다시 나와! 다시 대. 네가 왜 맞는지 아직 몰라?"

"아직 모르겠는데요."

그렇게 또 한 대 더 맞고 난 억울한 눈으로 선생님을 바라봤다.

"넌 들어가지 말고 여기 서있어."

다음 친구가 나와서 엉덩이를 맞는다. 엉덩이를 치는 소리가 '촥촥' 찰지다. 다 맞은 친구는 엉덩이를 부여잡고는 선생님께 "감사합니다" 하고 인사를 하고 들어갔다. 황당해하는 나에게 선생님께서 말씀하신다.

"내가 너희들을 때리는 이유는 다 너희들을 위해서야. 그러니까 앞으로 나한테 맞고 나서는 항상 감사합니다 인사하고 들어가."

난 고개 숙여 인사한 뒤 자리로 들어갔고, 그날부터 그 선생님의 과목 점수는 떨어지기 시작했다.

나이가 들고 회사원이 되자 선생님의 몽둥이는 상사의 결재로 바뀌었다. 큼지막한 내 엉덩이는 소심한 회사원의 마음이 되었고, 학창시절 호랑이 같던 선생님은 회사에서는 상사로 바뀌었다. 호랑이 상사님은 아직도 이유를 가르쳐주지 않은 채 열심히 몽둥이로 내 엉덩이를 내려치신다. 그렇게 엉덩이를 몇 대 더 맞고 아직도 왜 맞았는지 물어보면 대부분의 대답은 이러하다.

"내가 이야기했던 거 아직도 이해 못 했어? 네가 알아내서 해결책을 다시 찾아와."

"다 너 발전하라고 그러는 거야. 윗사람이 쉽게 알려주면 금방 잊어."

"그거 있잖아, 당신 잘하는 거. 그거 해서 그렇게 해."

금방 잊어버리면 안 되니까 내가 뭘 잘못했는지 본인 입으로는 안 알려주겠다고 하시는데, 시간이 지나면 그때 그 사람에게 혼난 것만 기억나고 그에게 업무는 뭘 배웠는지 내가 뭘 잘못했었는지 사실 기억이 잘 안 난다. 오히려 흰 종이에 하나하나 쓰면서 해결책을 같이 고민했던 상사의 가르침은 기억이 난다. 난 드라마 속에 나오는 궁예처럼 다른 사람의 마음을 꿰뚫어보는 관심법을 가져서 상사의 명확하지 않은 업무 지시를 듣고도 상사의 마음까지 읽고 판단할 수 있는 능력이 없다. 이것은 비단 나만의 능력 부족 문제는 아닐 것이다. 어느 정도 알려주지 않으면 해당 지식이 전혀 없는 상태에서 상사가 내는 주관식 문제의 답을 맞히기는 어렵다는 얘기다.

회사에서 부하직원에게 업무에 대해 교육하는 방식은 사람마다 차이가 있다. 그러나 '어디 한번 내 마음을 맞춰봐' 식의 접근은 그 직원의 흥미와 열정을 뺏을 수 있다. 예를 들어 수영하는 방법을 알려주기 위해서 수영 못 하는 사람을 바다에 던지면 수영을 빠르게 배울 거라 생각하는 경우가 있다. 그러면 그 직원은 수영을 배우기도 전에 허우적거리다가 고통만 받고 결국 물에 빠져죽고 말 것이다. 운이 좋아서 수영하는 방법을 스스로 깨우친다 할지라도 그것은 그 자신만의 방법이므로 업무표준화와 인수인계가 어려울 것이다. 즉, 그렇게 얻은 지식과 경험은 다른 사람에게 똑같이 적용되기 어렵기 때문에 단편적인 지식으로 끝날 수 있다. 결국 그렇게 일을 배운 아랫사람은 그의 아랫사람에게 수영을 가르치기 위해서 어쩔 수 없이 물에 똑같이 빠뜨리는 악순환이 벌어진다.

더욱 중요한 점은 수영을 배운 부하직원은 사실 상사도 수영을 할 줄 몰라서 자신을 바다에 던진 사실을 넌지시 알고 있다는 점이다. 그렇게 되면 부하가 상사를 존경하고 따르는 마음이 점차 사라지게 되고, 그럴수록 상사는 조직을 경험과 지식으로 통솔하기보다 권력과 힘으로 짓누르게 되는 악순환의 고리에 빠진다.

상사는 차분하고 체계적인 방법으로 자신의 지식과 경험을 후배들에게 전수해야 하고, 그것을 토대로 업무지시를 해야 한다. 이런 방식으로 후배들을 양성하기 위해서는 더 많은 지식과 경험을 가지고 있어야 한다. 그래야 윗사람은 아랫사람에게 가르칠 새로운 지식과 방법을 찾아서 연구하고, 아랫사람은 체계적으로 업무를 배우게 될 것이다. 물이 위에서 아래로 흐르듯이 윗사람이 먼저 공부하고 다른 사람을 가르칠 수 있어야 조직과 사람이 행복해진다.

9

회사원의 주식투자 필승 전략

"이건 고급정보인데 너만 알고 있어. 이 회사 주식 곧 급등할 거래."

부장님은 나에게 미안했는지 조심스럽게 따로 회의실에 불러 몇 가지 종목을 말씀해주셨다. 그도 그럴 것이 부장님은 회사에서 오전 아홉 시부터 오후 세 시 반까지는 전혀 일을 하지 않으셨다. 부장님의 모니터에는 매일 분주하게 바뀌는 숫자들과 빨갛고 파란 막대그래프만 숨 가쁘게 오르락내리락하고 있다.

"부장님, 이거 품의서 보고 드린 지 며칠 지났는데 결재 부탁드립니다."

아무리 재촉을 해도 부장님은 주식창이 띄워진 모니터만 보면서 대강 대답했다.

"응 그래. 알겠으니까 조금만 기다려."

항상 똑같은 대화만 계속되었고, 참다 참다 못해 폭발해버린 내가 말했다.

"회사에서 쫌! 주식 좀 그만하시고 결재라도 해주세요."

부장님은 그제야 모니터에서 눈을 돌려 나를 쳐다보더니 말씀하셨다.

"조과장, 회의실로 따라와."

그렇게 나를 회의실로 따로 불러 하신다는 말씀이 이 종목이 곧 상한가를 갈 예정이니 어서 빨리 사라는 것이었다. 게다가 미안해서 나한테만 특별히 알려주는 종목이라니 정말 기가 찰 노릇이다. 더 이상 대화를 지속할 수가 없었다.

나도 대리 시절까지는 회사를 다니면서 주식거래를 했다. 월급이 부족하게 느껴져서 돈은 더 벌고 싶은데 다른 기술은 없고, 업무시간에 회사 밖으로 나갈 수는 없었다. 그렇다고 부동산 투자를 할 수 있을 정도의 큰돈도 없었다. 다른 회사원들처럼 비슷한 이유로 주식을 시작했고, 나 역시 남들 몰래 휴대폰으로 증권사 어플을 켜고 거래를 했다. '임상통과', '공시 전 고급정보', '오후 두 시 이후 급등 예정', '장중 상한가 불꽃놀이 준비' 등 듣기만 해도 휘황찬란한 단어들이 날 금방이라도 새빨간 스포츠카의 주인으로 만들어줄 것 같았다. 주식이 조금만 올라도 손가락 클릭 몇 번으로 몇 분 만에 내 하루치 급여보다 많은 금액이 쉽게 벌렸다. 그러나 시간이 지날수록 주식은 떨어졌고, 두려운 마음이 커지면서 손절매가 잦아졌다. 그럴수록 조금 잃더라도 나중에 어차피 상한가 두세 번만 맞으면 된다는 식의 묻지마 투자가 반복됐다.

주식창을 보는 시간이 많아질수록 회사일뿐만 아니라 일상과 가정에도 집중하기 어려웠다. 업무시간에는 주식창만 보게 되었고, 주식을 확인하지 못하는 회의시간이 너무 힘들었다. 화장실 대변기에 주식을 보러 가는 일이 잦아졌다. 빈 회의실은 나를 위한 주식거래소였다.

빨간 스포츠카로 돌아올 것 같았던 내 주식들과 투자의 경험은 마침내 내 증권계좌에서 최고급 세단 한 대를 풀옵션으로 샀다가 하루아침에 불에 타서 없어져버린 것처럼 거래의 흔적만 남긴 채 거의 모든 돈이 사라진 다음에야 그칠 수 있었다. 그동안 가랑비에 옷 젖듯이 조금씩 조금씩 쌓여서 태산처럼 되어버린 업무와 동료들에게 뒤처져버린 나의 능력은 순전히 내가 감내해야 할 몫이었다. 돌이켜 생각해보면, 내가 주식투자에서 실패한 이유는 아무리 고급 정보가 있다고 하더라도 당연한 결과였는지도 모른다.

여기에서 재미있는 일화를 이야기해보고자 한다. 20년 동안 주업으로 새우를 열심히 잡으면서 그럭저럭 잘살고 있던 어부가 있었다. 하루는 친구를 만났는데 그 친구가 "바나나 농사를 지으면 돈을 많이 벌 수 있는데 이건 고급정보니 반드시 너만 알고 있어야 한다"라고 말했다. 그래서 어부는 그날부터 새우잡이도 하면서 중간 중간 육지에 내려 여기저기에 바나나 나무도 심었다. 그런데 실제로 바나나 농사가 돈을 많이 벌 수 있는 일이더라도, 어부는 바나나를 심는 방법을 몰랐다. 그가 살고 있는 추운 바닷가 지역이 바나나를 심기에 적합한지 어떤지도 몰랐다. "바나나가 돈이 된다"라는 사실만 알고 있던 어부는 결국 바나나를 수확하기는커녕 바나나 나무에 신경 쓰느라 20년 동안 잘 잡아왔던 새우까지 제대로 잡지 못하게 되었다.

이렇게 바나나 농사를 망치고 새우잡이도 망친 어부는 뒤늦게 말했다. "내가 잘못한 게 아니라 날씨가 안 좋아서, 시기를 놓쳐서 바나나를 수확하지 못했다"라고. 그리고 "내년에는 새우를 조금만 잡고 바나나에 대한 고급정보를 바탕으로 꼭 많이 수확해 올해 잃은 돈을 만회하겠다"라고. 스스로 핑계거리를 만든 것이다.

나의 현실과 접목시켜서 바나나 농사도 짓고 새우도 잡는 그분이 만약 내가 다니는 회사의 내 자리에서 내가 맡은 업무를 한다면 잘 할 수 있을지 생각해보자. 그분이 나의 회사와 업무에 대해서 잘 알고 있을까? 나는 내 자리에 앉아있는 그 사람을 용납할 수 있을까? 그리고 그 모습이 어울릴까?

내가 내 업무에서 프로처럼 일해야 겨우 살아남듯이 주식시장에도 주식으로 돈을 버는 증권가의 진짜 프로 투자자들은 따로 있다. 이것이 바로 평범한 회사원들이 주식투자에서 실패할 수밖에 이유이며, 회사원들의 주식투자가 행복할 수 없는 이유다. 회사원들의 주식투자 필승 전략은 주식을 안 하는 것으로부터 시작된다.

10

빅데이터를 활용해서
회사에서 체계적으로 버티는 방법론적 연구

"아 내가 더 이상은 뭐 같아서 못해먹겠다."

난 오늘도 중얼거리면서 수첩을 책상에 던지고는 의자가 부셔져라 털썩 자리에 앉는다. 그러고는 잠시 멍을 때린 뒤 다시 쫄보가 되어 지금 내가 한 말을 혹여나 누가 들었을까봐 가슴을 졸인다.

그래도 도저히 더 이상 이놈의 회사를 못 다니겠다 싶을 땐 오랫동안 지니고 다닌 나만의 노트를 펴고 펜을 든다. 나의 노트에는 10년이 넘는 세월 동안 직장생활을 하면서 힘들었던 업무의 순간과 나를 괴롭게 한 사람들이 날짜순으로 나열되어 있다. 그리고 각 항목인 업무와 사람별로 힘들거나 괴롭게 한 정도를 10점 척도로 수치화해서 작성되어 있다. 예를 들어, 오늘 결재 건은 5점 정도로 무난했고, 그와 관련된 결재권자, 협조권자 등 네 명은 각 사람별로 1점, 2점,

6점, 10점으로 수치화되어 있다. 1점은 힘들게 하는 정도가 1이므로 상당히 긍정적인 사람이고 나에게 맞는 업무이다. 반대로 10점은 나를 최고로 힘들게 하는 사람이며 나에게 잘 맞지 않는 업무다. 이렇게 항목별로 나눠 각각의 점수를 나열해보자. 그러면 내가 어떠한 시점에 회사에서 업무 때문에 힘든 것인지 아니면 특정 사람 때문에 힘든 것인지 알 수 있다.

다음은 업무별, 사람별로 부여된 점수를 일정한 기간별로 합산한다. 그러면 일정 기간에 가장 점수가 높은 업무와 가장 점수가 높은 사람이 나온다. 그 결과 가장 높은 점수를 획득한 업무와 사람은 나와 궁합이 맞지 않다는 결과를 도출할 수 있다. 또한 각 사람별로 그 사람이 회사에서 어느 시간대와 어느 요일에 민감하게 반응하는지 파악할 수 있다. 이렇게 맞지 않는 사람과 마주치는 시간과 나에게 스트레스를 주는 업무를 잘 피하면 나의 직장생활이 통계학적으로 윤택해진다.

또 각 기간별로 회사 외적인 일로 내 마음을 흔드는 사건이 있었는지 써놓는다. 예를 들어 2월은 자녀가 태어나서 잠을 못 잤다거나 8월은 장기 여름휴가가 있어서 설렜다. 이러한 회사 외적인 변수들의 내용을 주석으로 달아서 각 기간 동안 내가 매긴 점수의 신뢰성을 검증해야 한다. 잠을 못 자면 조금 힘든 일도 평소보다 더 힘들고, 휴가를 생각하면 평소에 많이 힘든 일도 조금 힘들기 때문이다. 그렇게 통계의 한계점을 최소화하는 과정을 추가로 거치면 수집된 빅데이터의 신뢰도가 올라간다.

4차 산업혁명의 시대를 살아가는 지식인으로서 이렇게 축적된 나만의 빅데이터를 기반으로 그만두고 싶은 최근 한 달간의 점수를 계산한다. 그리고 과거에 가장 높은 점수가 나왔던 기간의 점수를 알파고와 같은 두뇌로 비교분석 알고리즘을 구성한다. 그렇게 하면 지금 이성적으로 그만두어야 하는 상황인지 아니면 순간의 감정에 치우쳐 있는 상황인지 체계적으로 판단할 수 있다. 그리고 제일 좋은 것은 이렇게 엑셀을 켜놓고 일을 하는 척하면서 이 사람 저 사람 점수를 매기다 보면 그 시간에 집에 갈 시간이 된다. 집에 가야지.

11

내 실력이 부족해도 정신만 차리면 어떻게든 된다

"하이, 나이스 투 밋츄. 마이 네임 이즈 후니."

나는 입꼬리와 눈꼬리가 닿을 정도로 한껏 환하게 미소를 지으며 악수를 건넸다. 처음으로 한국에 방문한 외국인 바이어는 나를 보자 몹시 당황해하며 인사를 했다.

"Hoony? Really?"

바이어는 악수를 하면서 내 이름이 Hoony가 맞는지 거듭 물어보았다. 노오란 금발머리에 기름칠을 해서 한껏 뒤로 넘기고, 영화에 나올 법한 명품처럼 보이는 천연가죽의 멋쟁이 가방을 들고 있던 바이어는 나를 위아래로 훑어보면서 말했다.

"Oh, God······."

바이어가 나를 보고 경악한 이유는 아마도 내 영어이름 때문이었을 것이다. 그동안 바이어는 업무상 이메일로 연락을 주고받으면서 Hoony라는 내 이름이 큐트하다며, 허니 Honey와 비슷해서 좋다고 했었다. 상상 속의 Hoony는 분명 케이팝에 나오는 걸그룹 가수 정도였을 텐데, 직접 한국까지 날아와서 만난 실제의 Hoony는 몸무게가 100킬로그램에 육박하고 수염이 덕지덕지 난 검은머리의 배 나온 아저씨였다니……. 이역만리 타지에서 이름만 보고 좋다고 날아온 노랑머리 외국인이 실망할 법도 했다.

그의 실망은 둘째 문제고 나는 당장 걱정이 하나 가득이었다. 영어를 잘 못해서 지금까지 통화보다는 이메일로 업무를 했는데, 직접 날아올 줄이야. 실제로 비행기를 타고 날아온 노랑머리 외국인을 보자마자 내 멘탈은 비행기를 타고 이역만리로 날아가버렸다. 회의실을 잡아서 말없이 그를 끌어다 앉히고, 물과 간식거리를 챙겨주고, 화장실을 알려주었다. 최대한 말을 걸지 않게 하기 위해서 노트북 와이파이를 잡아주고, 업무용 핸드폰도 받아다 주었다.

'제발 나한테 아무것도 물어보지 말아라.'

떨리는 등 뒤로 그의 질문들이 시작되었다.

"블라블라 쏼라쏼라 어쩌구 저쩌구 어쩔씨구."

다행히 그는 대충 알아들을 수 있는 영어로 물어봤고, 그때마다 난 미소를 잃지 않으며 웃는 표정으로 밝게 대답했다.

"노 프라블럼."

이걸 물어봐도 "노 프라블럼" 저걸 물어봐도 "노 프라블럼."

내 마음속의 문제는 커져만 가는데 외국인이 느낄 나라는 인간은 아무 문제없다고 하는 사람이었다.

문제는 금액이 들어가는 협상이 시작되면서부터였다. 영어 숫자로 천까지는 어떻게 하겠는데 만이 넘어가면서부터는 바로 생각이 잘 나지 않았다. 원화를 달러로 환산해야 하는 순간마다 내 머릿속은 로딩 중인 동영상처럼 중간 중간 끊어지고 있었다. 결국 난 시도 때도 없이 "웨이러미닛"을 외치고는 계산기를 두들겼다. 한두 번은 계산기의 숫자를 더듬더듬 영어로 말했지만 결국 답답한 마음에 계산기 화면의 숫자를 직접 보여주는 경지에 이르게 되었다. 이 모습은 마치 동남아여행에서 유명 관광지를 보고난 뒤 가이드가 데려가 어쩔 수 없이 들르게 되는 짝퉁시장의 상인과 같았다. 그렇게 계산기에 숫자를 두들기고 그의 눈앞에 보여주며 외쳤다.

"오케이?"

외국인 바이어는 내 모습이 재밌는지 신나게 웃더니 계산기를 받아들고 자신도 이제 말로 하지 않고 원하는 숫자를 계산기에 쳐서 보여줬다. 그러고는 또 뭐라고 이해하기 어려운 말들을 했다. 나 역시 당황하지 않고 다시 계산기로 숫자를 쳐서 보여줬다.

"노노노. 디스. 씨. 오케이?"

"블라블라 쏼라쏼라."

그렇게 서로 몇 번씩 계산기를 주고받았더니 외국인은 웃음을 잃고 점점 더 힘들어하는 게 느껴졌다.

"오케이! 라스트 디스카운트!"

난 계산기를 마지막으로 들어올렸고, 협상은 어쨌거나 저쨌거나 마무리되었다. 다음 날 노란머리의 외국인은 다시 자신의 나라로 돌아가면서 웃으며 말했다.

"Bye~ No Problem guy."

회사에서 말도 못 할 정도로 어려운 상황에 직면했을 때는 호랑이한테 물려간다고 생각하고 정신만 차리면 된다. 스스로 실력이 부족함을 인정하고 그것이 걱정되어 정신줄을 놓는 순간 나는 몇 가지가 부족해 실력이 부끄러운 사람이 아니라 존재 자체가 부끄러운 사람이 될 수 있다. 난감한 상황에 닥치게 된다면 본인만 알 수 있는 말로 상대방과 계속 일을 진행하기보다 서로 이해할 수 있고, 근거가 남으며, 공유를 할 수 있는 이메일과 같은 서면으로 일을 진행해야 한다. 그리고 부족한 내 실력이 부끄럽더라도 주위 사람들을 참조로 넣고 계속 확인을 시켜서 전 세계의 시름을 혼자 짊어지지 않아야 한다. 외국인도 내가 영어를 프로페셔널하게 하지 못함을 충분이 인식하고 있으니 부끄러워하지 말지어다. 객관적으로 따져보면 내 영어 실력보다 외국인의 한국어 실력이 떨어지는 경우가 많으니 반대로 자신감을 가져도 된다. 쉽게 설명하면 언어가 다르고 민족이 달라도 할 놈은 하고 안 할 놈은 안 한다.

12

상사가 나보다 모르는 것처럼 보이는 이유

"팀장님은 결재를 올려도 아무것도 몰라. 도대체 어떻게 저 자리까지 갔는지 모르겠어."

회사에서 당신보다 직급이 높은 상사나 같이 일하는 직장동료가 무식해 보일 때가 있을 것이다. 가끔은 질문의 난이도가 지나치게 낮아서 답변을 하기조차 힘든 질문을 하실 때도 있다. 예를 들면 '1 더하기 1은 왜 2지?' 같은 질문이다. 분명 어렵지 않게 판단할 수 있는 업무인데 결재를 올리면 아무것도 모르는 눈망울을 하고서 날 바라본다. 하나하나 설명을 하다 보면 가슴이 점점 답답해진다. 아니 이 회사에서는 나만 일하나?

아기처럼 천진난만하고 세상의 경험과 지식의 때가 전혀 묻지 않은 눈빛으로 질문하는 맑디맑은 팀장님의 눈망울 속에는 두 가지 사실이 있다.

첫째는 이미 알고 있는 경우다. 팀장이 알고도 모르는 척하는 이유는 당신이 기안을 한 업무에 대해서 스스로 얼마나 알고 있나 확인하고 싶기 때문이다. 만약 내가 잘 모르면 이 기회에 한번 눌러주면서 본인은 알고 있다는 걸 자랑도 하고 싶은 마음이다. 이 경우에는 설명을 하기 전에 "팀장님께서는 이미 익숙하시겠지만"이라는 미사여구를 붙여주면서 '전 팀장님보다 못나서 이제야 알았어요'라는 존경의 눈빛을 보내야 한다. 그리고 편한 마음으로 팀장님께서 이미 아실 테지만 굳이 또 설명 드리면 된다. '나보다 실력이 있고 아는 게 많은 상사가 있으니 이 회사는 배울 것도 많을 거야'라고 즐겁게 생각하자.

둘째는 슬프게도 팀장님이 내가 기안한 업무에 대해서 진짜 모르는 경우다. 이 상황은 기안자에게 가장 답답한 상황이다. 나보다 월급을 훨씬 더 많이 받는 팀장님이 나보다 더 모른다는 사실이 속상하기까지 하다. 실제로 이런 고민을 팀장님께 솔직하게 말씀드리니 팀장님도 가감 없이 솔직하게 큰소리로 대답해주셨다.

"당신 윗사람이면 다 알아야 되냐? 그럼 대통령이면 세상일 모르는 게 없겠네? 그렇게 윗사람이 모르는 것 같으면 회장님께 가서 직접 물어봐 임마! 회장님은 알고 있는지 가서 확인해보라고!"

직접 실험해본 결과, 내일 당장 퇴사할 작정이 아니라면 이런 이야기를 절대 솔직하게 입 밖에 내지 않기를 권한다. 결국 두 번째 상황에서 내릴 수 있는 해결책은 '윗사람이 될수록 내가 모르는 고민이 많은가보다'라고 편하게 생각하는 것이다. 물론 팀장님의 일과는 매일 손톱을 깎고 저 높은 파티션 안에서 핸드폰으로 몰래 메이저리그 야구나 유튜브를 보는 일이더라도 '손톱과 핸드폰 속에 세상의 모든 이치가 있나보다' 생각하며 신경을 쓰지 않으면 된다. 내가 팀장님 월급 주는 것 아니니 내가 사장인 것처럼 팀장님에 대해서 신경 쓰지 말자는 것이다.

내가 하는 업무는 남들이 모르는 업무이므로 회사에서 나에게 월급을 주는 것이라고 생각해보면 더 좋다. 내 업무를 팀장님도 알고, 본부장님도 알고, 동료도 모두 다 아는 일이고 모두 다 할 수 있는 일이라면 회사는 더 이상 나에게 월급을 줄 필요가 없어지기 때문이다. 그래서 오늘도 난 열심히 결재판을 펴고 행복하게 설명을 한다.

13

탕비실의 고백성사

"미안해. 오늘도 늦을 것 같아. 아이들이랑 저녁 먼저 먹어."

개인적인 전화를 사무실에서 하면 누가 들을까봐 탕비실에서 소
곤소곤 짧게 마쳤다. 순간 나는 왜 탕비실에 숨어서 이런 통화를
하고 있는지 궁금했다. 사무실에서 하면 동료들이 일하는 데 방해
가 되니 미안해서일까? 생각해보면 야근을 시키는 주체와 사람들
이 버젓이 내 앞에 있는데 왜 내가 야근한다는 사실을 미안해하면
서 통보해야 하지? 저기 앉아있는 실장님은 아무렇지 않게 야근하
라고 말하는데, 난 왜 야근한다는 사실을 죄 지은 사람마냥 숨어서
아무 잘못도 없는 가족들에게 소곤소곤 말해야 하지? 내가 하고 싶
어서 하는 야근도 아니잖아? 오만 가지 생각이 꼬리에 꼬리를 무는
것을 보니 난 지금 여러모로 짜증이 한껏 나 있는 상태인가보다.

"미안해. 아무래도 오늘 못 갈 것 같아"라고 운을 떼며 회사 탕비실에서 치르는 고백성사의 역사는 오래되었다. 주로 나의 죄를 고백하고 용서를 구하는 사람은 어디에선가 나를 기다리는 가족과 친구들이었다. 결혼 전에 약속장소에서 먼저 기다리던 지금의 아내(당시는 여자친구)에게 퇴근을 못 해서 미안하다고 사과한 적이 있다. 졸지에 바람맞은 여자친구를 달래야 했는데 급하게 내 마음을 표현하기 위해서 탕비실 물품을 뒤졌다. 동그란 파란 쓰레기통 뚜껑과 가늘고 기다란 복합기 토너박스, 마지막으로 폐토너통으로 얼기설기 엮어서 마치 무인도 해변에 돌멩이로 SOS를 써놓듯이 한 자 한 자 써내려갔다. '사랑해. 미안해.' 그것은 무인도에서 탈출할 수 없었던 회사원의 처절한 구조요청이었다. 회사의 탕비실은 무인도에서 외부와 유일하게 소통하고 음식을 구할 수 있는 해변 같은 곳이었다.

오늘도 야근을 해야 할 것 같은 답답한 마음에 자리에서 일어나 커피 한잔 마시려고 탕비실로 갔다. 문을 열고 들어가자 핸드폰으로 속삭이던 한 젊은 직원이 한 손으로 입을 가리고는 재빨리 빠져나간다. 탕비실 테이블에 오손도손 둘러앉아 하하호호 대화를 하던 두 명의 직원도 정리를 하고 자리로 돌아간다. 저 젊은 직원들도 신입사원 시절의 내가 그랬듯이 탕비실에서 고백도 하고, 사과도 하고, 답답한 마음에 서로 얘기도 하면서 자기만의 여러 가지 역사를 써나가고 있겠지. 옛날 생각에 흐뭇하다가 갑자기 불안한 마음이 엄습한다.

'내가 나가라고 한 적도 없는데 왜 다들 나가는 걸까?'

'내가 불편한가?'

'내가 벌써 이런 존재가 되어버린 걸까?'

'설마 내 욕하고 있었나?'

14

서면보고와 대면보고 중 편한 보고 방법

"저어…… 드릴 말씀이 있어요."

입사한 지 얼마 안 된 옆 팀 신입사원이 쭈뼛거리면서 내 자리로 찾아와 말했다. 표정만 보아도 나한테 오기까지 많은 고민을 한 것 같았다. 말을 꺼내면서도 나를 쳐다보지 못하고 바닥만 보고 있다.

'이 친구가 무슨 고민이 있구나.'

나는 최대한 인자한 표정으로 입을 떼었다.

"그래요. 이주임님 무슨 일이 있으세요?"

이렇게 운을 떼고 나서는 신입사원이 뒤이어 말할 고민거리가 어떤 것일지 혼자 온갖 상상을 다한다.

'그래, 이 친구랑 나랑은 나이 차이가 열두 살도 넘게 나니깐 내가 분명 고민을 해결해줄 수 있을 거야. 어린 친구가 나한테 오기까지

얼마나 많이 고민하고 망설였을까?'

수많은 생각이 내 머리를 가득 채웠을 즈음 신입사원은 드디어 나에게 말했다.

"저어…… 메신저 접속 좀 해주세요."

신입사원은 그 말 한마디를 남긴 채 홀연히 자리로 돌아갔다. 내 머릿속이 더욱 더 복잡해졌다.

'왜 바로 이야기를 안 하지? 내가 혹시 못할 일이라도 했나?'

잠시 후 띵동 하며 모니터에 회사 메신저 대화창이 떴다. 대화창에는 이러한 문구가 남겨져 있었다.

'이주임님의 대화: 주간 회의자료 업데이트 해주세요.'

이주임은 왜 직접 해도 될 말을 굳이 메신저를 통해서 전달했을까? 나랑 말을 섞기 싫어서일까? 내가 겨드랑이 냄새가 심한가? 혹시 나랑 말하면 내가 신입사원들을 미친개처럼 물어뜯는다고 소문이 났나? 고민 끝에 다른 팀 동료에게 조심스레 물어보았다. 동료는 대수롭지 않다는 듯 말했다.

"요즘 친구들은 통화보다 카톡을 더 편하게 생각해. 옛날 사람들이나 서로 부대끼며 싸우지 요즘 친구들은 안 그래 이 사람아. 자네도 딱 보니 옛날사람이네. 충분히 꼰대끼가 있구만."

"아니 어차피 내 자리까지 온 김에 직접 말하면 될 것을 왜 어렵게 자판을 치냐고. 그리고 나도 요즘 시대에 살고 있는데 왜 난 요즘 사람이 아니야? 난 그럼 뭐 먼 옛날의 원시인이냐?"

"말하는 것 보니 당신 빼박 꼰대네. 진짜 노잼 오지구요. 내가 뭐라고 하는지는 알고 있냐?"

"그게 무슨 말이야? 뭘 지려?"

"쯧쯧쯧."

문득 신입사원 시절의 내 모습이 생각났다. 한번은 같은 층 옆 팀에서 근무하는 과장님께 자료를 요청하려고 전화를 걸었다.

"감사합니다. 인사팀 박과장입니다."

"박과장님 안녕하십니까. ○○팀 조주임입니다."

말이 끝나기 무섭게 대답이 들려왔다.

"너 지금 건방지게 뭐하는 거야? 당장 내 자리로 뛰어와."

자리에 찾아가니 과장님은 나에게 말했다.

"같은 층에서 매일 얼굴 보는데, 너 편하자고 나한테 전화 하나? 몇 걸음 걷기가 그렇게 어려워? 앞으로 윗사람한테 할 말 있으면 전화하지 말고 정중히 와서 직접 말해!"

그날 이후부터 지금까지 카톡보다는 전화를, 전화보다는 대면을 우선으로 하고 살았다. 날 호통 치시던 그 과장님이 느끼기에 당시의 나는 이해하기 힘든 세대였을 것이다. 어쨌든 나보다 높은 직급의 분들은 대면이 편하다고 하고, 나보다 낮은 직급의 분들은 이메일이나 메신저와 같은 서면이 편하다고 하니, 나처럼 중간에 끼인

사람들은 어떡해야 하나. 이래도 불편하고 저래도 불편하다. 결국 내가 선택해서 쓰고 있는 방법은 두 가지다. 나보다 직급이 높은 분께는 대면보고를 하고 메일을 보낸다. 그리고 나보다 직급이 낮은 분께는 메일을 보내고 메신저를 남긴다. 가운데 끼어서 위아래로 장단 맞추는 게 불편하지만 위아래가 조용해야 내가 편하다. 남들이 보기에 내가 불편해 보여도 내가 그냥 스스로 편하다고 생각하면 편한 거다.

15

즐겁게 야근을 하는 방법

"저어…… 죄송합니다만 먼저 들어가겠습니다."

오늘도 주변 사람들이 나에게 왠지 미안한 말투로 조용하게 인사를 하면 어수룩한 어둠이 찾아온다. 저녁 일곱 시가 넘으면 빌딩 중앙냉난방이 꺼지고, 아홉 시가 되면 사무실 저편부터 자동으로 천장의 형광등이 꺼진다. 순간 주위는 고요해진다. 핸드폰으로 불을 밝히고 형광등 스위치를 찾아서 내 자리만 불을 켜는 순간 본격적인 야근이 시작된다.

한번은 새벽까지 일하다가 출근시간이 얼마 남지 않아서 회의실에 박스를 깔고 잠을 잔 적이 있다. 조금 자더라도 편하게 자기 위해서 구두랑 안경을 가지런히 벗어두고, 정장 윗도리를 배 위에 이불처럼 덮고, 에이포 용지 두 권을 베게 삼아 잠을 청했다. 한참을 자던 중 한기를 느끼고 눈을 떴다. 이미 날은 밝은 것 같았는데 내 눈앞에 웬 사람 종아리들이 있었다. 내가 잠을 자고 있던 회의실이 신입사원 면접 대기실이었던 것이다. 구석에서 자고 있었기 때문에 회의실 문 쪽에서는 누워있는 내 모습이 회의 테이블 상판에 가려서 보이지 않았던 것이다.

"아, 망했다."

급하게 안경을 쓰고, 정장은 제대로 입지도 못한 채 화들짝 일어났다. 그러고는 주섬주섬 바닥에 깔고 잔 박스를 챙겨서 뛰쳐나왔다. 면접을 보러 온 신입사원들의 눈에 내 모습은 영락없이 그들의 미래처럼 보였을 것이다. 이날의 야근은 작게는 신입사원들에게 누를 끼쳤고, 크게는 회사를 포함한 전 인류에 큰 누를 끼쳤다.

야근에는 회식도 포함된다. 특히 술도 잘 못하는데 술자리에서 비위를 맞추는 것조차 잘 못하는 나에게 회식은 난이도가 매우 높은 야근이다. 하루는 회식자리에서 본부장님이 투명한 맥주잔에 소주를 물처럼 콸콸콸 부으며 사악한 웃음을 짓고는 크게 외치셨다.

"자, 오늘은 기분 좋게 내 오른쪽부터! 파도!"

그러자 본부장님 오른쪽에 앉아 계신 팀장님이 밝게 웃으시며 "본부장님은 역시 모든 것이 시원시원하십니다"라고 크게 외치더니 원샷을 했다. 다음 사람도 그다음 사람도 웃으면서 원샷을 했지만 예상대로 그 시원하고 아름다운 파도타기는 내가 무너뜨려버렸다.

"야! 진짜 조대리! 분위기 깨지게 뭐하는 짓이야."

내 옆의 차장님은 파도타기가 끊어진 아쉬움을 한껏 담아 자세히 보아야 보일 듯한 짧은 욕을 담은 입모양을 보여주시고는 내 술까지 마시고 계셨다. 난 계속되는 파도타기 2차 대전, 3차 대전에서 참패를 하게 한 전범이 되었다. 그리고 속죄하는 마음으로 깨끗하지도 않은 술집 공중화장실 변기 앞에서 무릎을 꿇고 내가 먹은 안주를 다시 꺼내서 직접 확인하는 시간을 가졌다. 이날의 야근은 작게는 내 건강과 정신에 누를 끼쳤고, 크게는 술집 화장실을 포함한 지구환경에 큰 누를 끼쳤다.

'오늘은 진짜 빨리 끝내고 집에 가야지' 다짐하면서 출근했다. 그러나 오늘도 역시 어제처럼 내일 출근시간이 몇 시간 남지 않았는데 업무는 아직 남아있고, 퇴근은 생각조차 할 수 없다. 이럴 때 행복을 찾는 방법은 지금보다 더 참혹했던 위의 두 과거를 떠올리며 '그래, 지금이 그때 상황보다는 낫지'라고 생각하면 된다. 역사상 최악인 과거가 불행한 현재를 행복하게 만들어주는 고마운 경험이 되기도 한다.

16

회식자리에서 시간 빨리 보내는 법

"오랜만에 하는 회식인데 누가 건배사 한번 해봐."

오늘 회식은 시끄러운 삼겹살집이다. 그러나 우리 테이블은 유난히 조용했고, 지글지글 익어가는 고기의 기름소리만 들렸다. 그도 그럴 것이 회식은 분명 지난주에도 한 것 같은데 팀장님의 '오랜만'이라는 표현이 모두의 마음을 시작도 하기 전에 지치게 했다. 우리 앞에 놓인 소주잔에는 '나만 아니면 돼'라는 공감대와 불만 그리고 소주가 가득 차 있었다.

회식자리에서 시간을 빨리 보내기 위해서는 '회식 싫어' 혹은 '집에 가고 싶다'라는 생각만 하기보다 평소에 하지 않았던 아예 새로운 쓸데없는 생각으로 머릿속을 가득 채워야 한다. 좋지 않은 상황에서는 시간이 잘 안 가기 때문에 억지로라도 다른 상황을 만들어서 시간을 보내는 방법이다.

먼저 오늘 회식자리에서 나에게 건배사를 권할 것 같은 상사의 이름 석 자를 계속 곱씹으며 그분을 바라본다. 다른 직원들이 한손에 술잔을 들고 땅바닥을 보거나 테이블 가운데 있는 안주 혹은 벽에 걸린 메뉴를 볼 때 난 그분의 이름 석 자만 생각하면서 그분만 물끄러미 바라보고 있으면 시상이 떠오른다. 그리고 그분의 이름 석 자로 조용히 삼행시를 읊어보자.

1. 삼행시의 두려움을 극복하기 위한 첫 번째 단계는 첫 글자의 부담을 더는 것이다. 예를 들어 이름이 '조오너'라고 하면, 삼행시에서 첫 글자는 항상 그분의 성이기 때문에 첫 문장은 그분의 이름을 넣어 최대한 추켜 세워주면서 시작한다. 삼행시를 할 수 있게 해주신 그분께 감사한 마음을 한껏 담아서 표현해야 한다.

"조! 조대표님께서 마련해주신 회식자리에서 이렇게 삼행시를 읊을 수 있다니 영광입니다!"

이렇게 첫 문장은 상투적인 표현으로 시작하면 된다.

2. 이름으로 삼행시를 완성하는 데 있어서 가장 큰 걸림돌은 두 번째 글자다. 이름의 두 번째 글자는 일상생활에서 잘 쓰지 않는 어려운 글자가 특히나 많다. 이럴 때는 그에 맞는 단어 자체가 아

예 생각이 안 나는 경우가 많은데, 여기서 나만의 비장의 카드를 공개한다. 두 번째 글자에 잘 맞는 두 번째 구절이 없음을 있는 그대로 표현하면서 다음 구절에 대한 기대감을 심어주는 것이다. 이렇게 하면 신박하다는 표현을 들을 수 있으며, 나아가 세 번째 구절을 생각할 수 있는 시간도 벌 수 있다. 아래와 같이 은근슬쩍 두 번째 글자를 넘어가는 것이다.

"오! 오로 시작하는 단어는 잘 생각나지 않지만, 제 마음속에서 생각나는 이것 하나만은 꼭 여러분께 말씀드리고 싶습니다."

이렇게 운을 띄우고 시간을 버는 것이다.

3. 삼행시의 가장 중요한 포인트는 마지막 구절이다. 그러므로 두 번째 구절에서 벌어놓은 시간과 기대감을 활용해서 멋지게 마무리한다. 마지막 구절의 목표는 경애하는 최고 영도자 동지를 열렬히 친애하며, 우리 모두가 단합이 될 수 있는 구절이어야 한다. 말도 안 돼서 손발이 오그라들고 얼굴이 화끈거릴 때에는 두 눈을 꼭 감고 어린 시절 웅변학원에서 이 연사 소리 높여 외치듯이 양팔을 하늘 높이 벌리고 크게 소리치면 더욱 극적인 효과가 나타난다. 용기가 없으면 눈을 아예 감아버리는 것도 좋은 방법이다. 그래야 마지막 문장에서 한 마리의 용이 구름을 뚫고 하늘 높이 승천하듯 상사의 광대와 입꼬리가 불을 뿜으며 승천할 것이다.

"너! 너와 나 그리고 평생을 함께할 사랑하는 대표님과 우리 팀이여! 영원하라!"

　이렇게 가장 높은 분의 존함을 토대로 삼행시를 먼저 뽑어주고, 그 이하의 직급부터 한 명 한 명씩 시상을 떠올리고 앉아있으면 생각보다 시간이 무척 빨리 간다. 그리고 '여기 있는 너희들 다 싫어'가 아닌 다른 생각을 하고 있기 때문에 큰 거부감 없이 평소에 미워했던 상사와 눈을 마주치고 하염없이 지긋이 바라볼 수 있다. 술자리의 시간도 빨리 지나가고, 상사의 마음까지 얻으니 이것이야말로 꿩 먹고 알 먹기, 일석이조, 일거양득인 것이다.

17

숯불갈비와 보고서의 공통점

"보고서 다 썼어?"

"팀장님, 지금 하고 있습니다."

대답한 지 약 5분이 지나자 팀장님은 불안한 듯 검지와 중지 손가락으로 책상을 탁탁탁탁탁 치고 볼펜을 괜히 딱딱딱딱딱딱 거리다가 다시 나에게 물어보셨다.

"보고서 아직도 안 됐어? 속 터져서 안 되겠다. 빨리 그냥 이리 줘봐."

내 컴퓨터와 내 키보드로 보고서를 작성하는 팀장님의 품 안에는 풀죽은 어깨를 하고 있는 내가 들어가 있었다. 팀장님 코에서 나오는 따스한 숨결이 정수리에서 느껴져 너무나도 힘겨웠다. 다행히도 팀장님은 빠른 시간 안에 보고서 작성을 끝낸 후 말씀하셨다.

"이렇게 하라고 빨리빨리, 알겠어? 네 이름으로 네 컴퓨터에서 결재 올렸으니까 내가 빨리 결재해서 상무님 방에 빨리 들어가서 빨리 보고할게. 앞으로 좀 빨리 좀 해라, 빨리빨리 좀!"

팀장님은 하루에 '빨리'라는 단어를 빠른 속도로 천 번 이상 하시는 것 같다.

직급이 위로 올라갈수록 성격은 급해지고, 직급이 아래로 내려갈수록 업무처리 속도는 느려진다. 그런데 회사의 보고에는 신기한 셈법이 있다. 3일 내에 보고하라고 전무님이 지시를 하면, 2일 내에 보고하라고 상무님이 지시를 하고, 1일 내에 보고하라고 팀장님이 지시를 한다. 그러면 팀원들은 시간에 쫓겨서 고민과 리서치가 없는 불완전한 보고서를 기계에서 찍어내듯이 몇 시간 만에 바쁘게 만들어낸다. 그렇게 보고서를 작성하여 위로 결재를 올리면 팀장이 깨고, 상무가 깨고, 전무가 깨서 모조리 와장창 깨진 채로 다시 내려온다. 빨간 플러스펜으로 피범벅이 된 보고서의 결재 칸에는 급하게 사인을 했다가 신경질적으로 곡선을 그어서 본인의 사인을 지워버린 결재권자들의 극심한 분노가 느껴진다.

윗선에서 실시간으로 재촉하고 수정을 할수록 아랫사람이 작성하는 보고서의 결과는 이상한 곳에 초점이 맞춰진다. 평소에 팀원의 업무 역량을 발전시킬 시간을 확보해주고, 끊임없이 새로운 정보를 제공하며, 경영진과 팀원이 추구하는 목표점이 갖도록 공감

대가 형성되어 있어야 한다. 그러면 업무를 시킴과 수행함에 있어서 개입과 재촉보다는 믿음과 신뢰가 있을 것이며, 상사 입장에서도 일하기 더 수월할 것이다.

"내일 아침까지 보고서 다 만들어야 하니까 다들 저녁 먹고 가지?"

오늘도 보고서를 다시 만들기 위한 야근이 예정되어 있었기에 저녁을 먹으러 식당에 갔다. 팀장님은 분명 간단히 빨리 먹고 빨리 사무실에 들어가서 빨리 일 끝내고 빨리 집에 가자고 했으면서 술을 시키신다. 야근식당 테이블에 늘어선 소주병과 풀죽은 표정의 팀원들 사이에서 팀장님은 이유 없이 신이 나 있다. 나는 다 포기한 표정으로 말없이 고기를 구우면서 '어떻게 하면 고기를 잘 구울까?'라는 생각을 하고 있다.

고기를 잘 굽는 노하우는 고기의 한쪽 면이 익었을 때 익지 않은 쪽으로 한 번 정도만 뒤집어주는 것이다. 고기를 열심히 굽는 것처럼 보이기 위해서 집게로 여기저기 찔러가며 자주 뒤집으면 안 된다. 그럴수록 나중에 어떤 고기를 뒤집었는지 확인이 안 되기 때문에 계속 뒤집기만 하게 된다. 또한 이렇게 되면 육즙이 빠져나가서 고기가 질기고 속까지 잘 익기 어렵다. 즉, 고기가 맛이 없어진다. 고기 안에 뼈가 있다면 가위로 살짝 그 뼈만 발라준다. 이가 약한 사람이 뼈를 씹으면 입속에서 부드러운 고기맛을 느끼기 전에

딱딱한 불쾌감을 먼저 맛보기 때문이다. 고기의 모서리가 까맣게 탔다면 그 부분만 가위로 살짝 잘라내면 된다. 고기가 탄다고 아예 불판을 바꿔버리면 고기를 굽는 온도가 갑자기 바뀌기 때문에 고기가 골고루 익지 않고 새로운 불판에 눌어붙게 된다.

보고서를 쓰는 것과 마찬가지로 회사 업무를 지시하고 진행상황을 체크하는 것은 마치 고기를 굽는 과정과 같다. 상사는 팀원들에게 좋은 고기를 고를 수 있는 방법을 알려주고, 팀원 중 한 명이 고기를 구우려고 할 때 그 고기에 적합한 불판만 지정해주면 된다. 시간이 지나면 적합한 불판 위에서 고기는 익을 것이므로 익는 시간을 기다릴 줄 알아야 한다. 고기를 구울 시간이 부족하다는 이유로 가장 빨리 가져올 수 있는 아무 고기나 시키고, 고기에 맞지 않는 아무 불판에 올려서 빨리 익으라고 집게로 고기를 누르고, 언제 익는지 궁금해서 이 사람 저 사람 한 번씩 다 와서 고기를 위아래로 뒤집는다면 그 고기는 분명 맛이 없을 것이다. 속까지 잘 익지도 않을 것이며, 다른 사람들이 보기에는 고기를 빨리 굽고 있는 것처럼 부지런해 보였음에도 그냥 차분히 굽는 것보다 더 오랜 시간이 걸릴 수도 있다. 그렇게 고기를 급하게 구워댄다면 팀원들은 자신이 굽지 않은 고기에 대해서 책임감이 없어지고 점점 더 무관심하게 될 것이다. 더 나아가 팀원들이 서로의 책임을 회피하며 그고기가 맛이 있니 없니까지 판단하게 될 것이다. 물론 그렇게 익은 고기를 대표님 앞접시에 놓았는데 대표님이 평소에 고지혈증으로 돼지고기를 드시지 못한다면 이건 정말 말짱 꽝인 상황이다. 오늘도 늦은 시간 불판에서 익어가는 고기를 보며 회사생활에 대해서 고민한다.

18

계약직의 삶이 서러운 이유

"조차장님은 제 마음 몰라요."

두 손으로 종이컵을 잡은 ○○씨의 말끝이 흐려졌다. 종이컵 안의 커피가 그녀의 두 손에서 이어지는 떨림에 흔들렸다. 잠시 후 눈물이 턱 끝과 종이컵 사이로 한 방울, 두 방울 그리고 또 다시 한두 방울씩 떨어졌다.

"처음부터 여기서 이렇게 시작하는 게 아니었어요. 저는 여기서 그냥 열심히 하면 정규직 시켜주는 줄 알았어요."

"미안해요. 제가 할 수 있는 방법이 없어서 미안해요."

탕비실은 내 마음처럼 공허했지만 그녀의 훌쩍임과 그로 인한 습함이 그 공허한 자리를 채웠다. 그녀는 입사한 지 거의 4년이 된 주임이었지만 회사에서는 아무도 그녀를 직급을 붙여 부르지 않았다. 그녀는 그냥 ○○씨였다. 파견직으로 2년, 또다시 계약직으로 2년, 그렇게 불안한 상태는 마치 외줄타기처럼 그녀의 마음을 불안하게 했을 터였다. 불안한 외줄타기가 끝나는 4년째 되는 날 땅으로 내려올 줄 알았던 그녀의 눈앞에는 또 다른 외줄이 놓아졌다. 사무실에서 같이 일했음에도 정규직이었던 나는 그녀의 눈물을 보면서 그녀가 슬픈 것은 알았지만 그녀의 슬픔은 몰랐다. 내가 비정규직이 되기 전까진.

 난 비정규직이었다. 내가 취업한 도급회사에서는 정규직이라고 했지만 실제 파견된 원청회사에서는 나를 쉽게 계약직이라고 불렀다. 도급계약서에 따라서 계약서에 명시된 일을 했지만 "이와 관련된 업무 일체"라는 계약서 특약사항 문구는 원청회사가 시킨 모든 일을 다 하도록 묶어놓았다. 내 자리에서 열심히 맡은 업무를 하는 것도 중요하지만, 계약직에게 더 중요한 건 회사 간 도급계약의 연장이었다. 도급계약 연장이 안 되면 돌아갈 곳이 없었다. 연장이 안 돼서 내 자리가 없어지면 어느 회사에도 내가 앉을 수 있는 자리는 없었다. 남들은 쉽게 도급계약이 안 되면 모자만 바꿔 쓰면 된다고 위로했지만 그것도 쉬운 일은 아니었다(모자를 바꿔 쓴다는 것은 회사 간 도급계약이 안 될 경우 사람은 그대로 두고 그 사람이 속한 도급회사만 바꿔서 다시 도급계약을 체결하는 것을 뜻한다). 이런 현실이 오래 지속될수록 난 어떤 상황에서도 그들 앞에서 웃어야 했고,

거짓으로 표출되는 내 감정들은 날 지치게 했다.

"나이도 있고 자식들도 있는데 정규직 그만두고 계약직으로 있는 것 불안하지 않아요?"

걱정해주는 정규직원들의 철없는 염려가 비수처럼 내 가슴에 꽂혀 날 아프게 했다. 정규직원들은 그렇게 내 상황을 걱정해주다가도 같이 일을 하다가 조금이라도 마음에 들지 않으면 "당신한테 나가는 도급비가 얼만데 이렇게 해?"라며 질책했고, 이러한 질책은 내가 그들과 같은 종류의 사람이 아니라 도급비로 환산 가능한 부속임을 처절하게 느낄 수 있게 해줬다. 결국 난 회사 간 계약이 연장되었음에도 제 풀에 못 이겨서 스스로 사직을 했고, 다시 새로운 일자리를 구해서 회사를 다니고 있다. 당시의 서러움은 지금의 과도한 업무 스트레스로 잊혔지만 그때 느낀 불안감은 시간이 지나도 잊히지 않았다.

돌이켜 생각해보면, 연인이 서로 사귀는 시기가 계약직이라면 그 연인이 결혼한 이후는 정규직과 같다. 당신이 어떤 상태, 어떤 위치에 있더라도 상대방에게 서로 실수를 하면 헤어질 수 있다. 다만 연인보다는 부부가 헤어짐의 법적 절차가 조금 더 복잡할 뿐이다. 어디에서 어떠한 일을 어떻게 하더라도 상처받지 않기 위해서는 자신의 감정을 스스로 컨트롤해야 한다. 나는 상대방을 사랑하지만 상대방이 마음을 열지 않거나 같이 동행할 수 있는 미래를 보장하지 않는다면 과감하게 다른 연인을 찾아야 한다. 헤어짐이 무섭고 날 사랑하지 않는 상대방이 익숙하다는 이유 하나만으로 계속 만나는 것은 내 상처만 깊게 할 뿐이다. 그리고 이러한 지지부진한 만남은 소중한 내 젊음을 잃게 하는 일이다.

회사는 감정이 없다. 감정이 없는 상대가 날 더 이상 사랑해주지 않는다고 슬픔에 목이 메어 눈물을 흘리기 전에 그 세상이 전부가 아니라는 것을 알아야 한다. 당장 내가 지금 한 조직에 몸담고 있다면 그 조직이 세상의 전부처럼 느껴지겠지만 말이다. 우리는 아직 우리에게 맞는 연인을 만나지 못했을 뿐 충분히 매력이 있고, 우리를 원하는 곳은 분명히 있기 때문이다.

19

망하는 회사의 세 가지 징조

"능력 없는 사람들만 회사에 남아있는 것 같아요. 이러다가 우리 회사 진짜 망하겠어요."

팀장님의 결재를 받으면서 한바탕 혼나고 나온 후배가 푸념하듯 말했다.

"후배야 걱정 마. 회사는 네가 생각하는 것처럼 쉽게 안 망해."

나는 먼저 후배의 마음을 진정시킨 뒤 말을 이어갔다.

"너와 나도 아직 이 회사에 다니고 있지 않니? 남들이 보면 우리도 네 말처럼 능력이 없어서 이 회사에 남아있는 걸로 보여."

후배는 내 두 번째 대답에 다시 두 눈을 동그랗게 뜨고 흥분했다. 내가 보기에 이 후배는 사실 회사가 망할까봐 걱정하는 게 아니라 차라리 회사가 망했으면 하는 마음을 갖고 있는 것 같았다.

조직은 한두 명이 나간다고 쉽게 망하지 않는다. 유능해 보이는 한두 명이 빠져서 조직이 망한다면 그것은 특별한 경우이다. 예를 들어 그 한두 명이 회사가 연계된 거액의 사기를 치고 나간다거나, 신사업을 벌이기 위해 회사의 고정비를 과하게 투자한 상황에서 그 사업을 담당한 핵심 인력 한두 명이 노하우를 통째로 들고 나가는 경우다. 위의 두 사례는 법적으로 처벌이 되므로 당연히 해서는 안 되는 행동이다. 그리고 위의 한두 명처럼 한 조직을 좌지우지할 수 있을 정도의 큰 영향력을 갖기 위해서는 어지간히 눈에 띄게 똑똑하고 부지런하지 않으면 안 된다.

이와 반대로 무능해 보이는 사람이 많은 조직일수록 의외로 빨리 망하지 않을 수 있다. 그런 조직의 조직원들은 최대한 현실에 안주하려 하고, 변화와 혁신을 몸서리칠 정도로 싫어한다. 변화를 싫어하는 만큼 리스크를 지는 행동을 하지 않고, 신사업도 추진하지 않는다. 또한 조직원들이 무능해 보인다는 것은 그만큼 남들보다 특별하거나 출중한 능력을 가진 사람이 없다는 것을 의미한다. 이는 회사가 한두 명으로 좌지우지되지 않고 전 직원에게 균형 있게 업무분장이 잘 되어 있다는 것으로 해석할 수도 있다. 이런 조직에서 혁신과 변화는 기대하기 힘들고 발전 또한 상당히 느리지만 구조조정도 느리기 때문에 적체가 심하고 답답하다.

그간의 경험상 조직이 기울어지는 징조는 유능한 한두 명이 그만

두거나 미안하게도 당신이 그만둬서가 아니다. 물론 나 역시 내가 조직을 나가면 조직이 망할 것이라고 생각했는데 슬프게도, 아니 다행히도 단 한 번도 그런 사례는 없었다.

나에게 조직을 무너뜨릴 정도로 특출한 능력이 없다는 것을 알고 있다면, 최소한 나의 조직이 무너지고 있는 징조는 먼저 알아야 한다. 영화에서처럼 쥐들이 재빠르게 몸을 숨기는 것을 보고 태풍이나 지진이 오는 것을 알 수 있듯이, 우리는 한없이 나약한 존재이기 때문에 위험을 미리 알고 피해야 한다. 무너져버린 회사의 조직원으로 남게 된다면 임금체불은 물론이고 나중에 다른 회사로 이직하는 것도 힘들어지기 때문이다. 따라서 조직의 건강을 확인하기 위해서 아래의 세 가지 사항을 확인해야 한다.

첫째, 최근 3년간 재무상태를 보고 조직의 견고함을 확인한다. 이를 위해 지속적으로 당기손익과 부채비율을 보아야 한다. 회사의 목적은 이윤 창출이다. 즉, 회사의 이익이 지속적으로 증가하고 자본금이 여유가 있다는 것은 회사의 본 목적에 잘 맞춰가고 있는 것이다. 공시자료에 세부적으로 잘 나와 있으니 회사의 상태를 체크해보자.

둘째, 회사 매출의 대부분을 차지하는 사업의 상태를 보고 가능성을 확인한다. 그리고 그 사업이 사양 산업인지, 시장점유율은 어떻게 되는지, 사업에 대한 독점 혹은 주 거래처 또한 특허권이 있는지 찾아본다. 그리고 시장에서 그 회사가 영위하는 동일한 사업을 하는 유능한 경쟁상대가 있는지 찾아보자.

셋째, 조직도를 보고 조직 구성원의 지속성을 확인한다. 한참 일을 해야 할 과장 이하의 직원들의 퇴사율이 높은지, 팀과 본부가 계속 소멸되거나 합쳐지는지, 팀장이 차장인데 팀원이 부장인지, 대표이사 혹은 회사 실소유주의 재임기간이 짧아서 수시로 바뀌는지 등을 찾아보자.

위 세 가지 징조에 적신호라고 판단이 된다면 언젠가 그 회사는 기울어지게 되어 있으니 피할 준비를 해야 한다. 만약 당신이 혼자 의적 임꺽정처럼 조직을 바꾸려 한다면 그 용기 있는 시도는 후세에 무용담처럼 길이길이 전해지겠지만 현실은 조직에 대한 반역이다. 그 행동은 마치 도망가야 할 작은 쥐 한 마리가 거대한 태풍을 막으려는 것과 같으므로, 당신이 홀로 외롭게 받아야 할 엄청난 고통과 피해도 감수해야 한다.

다들 능력도 없어 보이는데 왜 회사에 남아있나 싶고, 다들 노는 것 같은데 나만 일하는 것 같고, 다들 별일도 아닌데 심각하게 오버하는 것 같다면 지금 당신 눈에 보이는 현상을 배제하고 위의 세 가지 징조를 먼저 확인해보자. 그리고 이러한 팩트에 대해 불평을 해보자. 그럼 다른 조직원들이 당신의 말을 듣기 시작할 것이다.

20

오래 다니는 사람들의 생존 노하우

"조주임 너! 딸꾹! 이리 와봐 임마!"

이미 점심시간부터 술에 잔뜩 취한 팀장님이 피씨방에 앉아있는 것처럼 등받이를 약 160도로 눕힌 채 기대서 소리치셨다.

"네. 부르셨습니까?"

난 또 내가 뭘 잘못했구나 싶어서 꾸물꾸물 기어갔다.

"너 임마! 내가 말을 안 해서 그렇지! 내가 임마! 너 고생하는 것 다 안다. 이걸로 과자 사먹고 힘내!"

팀장님은 지갑에서 만 원을 꺼내더니 내 손에 척! 쥐어주셨다.

'내 나이 서른 살에 과자를 사먹으라니.' 어안이 벙벙해진 내가 만 원짜리 한 장을 들고 어쩔 줄을 몰라 하자 팀장님은 술 냄새를 풍기며 호탕하게 말씀하셨다.

"왜? 적냐? 다음에 또 줄게! 임마!"

그렇게 껄껄껄껄 웃으시고는 갑자기 기절한 것처럼 코를 골면서 주무셨다.

팀장님은 거래처와 점심 반주를 드신 날에는 본인은 기억할지 모르겠지만 만 원씩 내 손에 쥐어주셨다. 난 팀장님이 매일 점심에 거래처를 만나고 오시길 진심으로 바랐다. 이것 하나만으로도 참 좋은 분이셨다.

"조대리, 이 숫자가 어떻게 나오는 거지?"

단정한 용모에 언제나 흐트러지지 않는 옷차림과 머리 스타일을 유지하시는 팀장님이 말했다. 나는 품의서에 올린 숫자를 팀장님에게 설명드리기 위해 품의서에 첨부된 엑셀파일을 열었다. 그러자 팀장님은 내 자리에 앉더니 프로게이머처럼 마우스를 사용하지 않고 오직 키보드의 단축키만으로 화려하게 엑셀을 만졌다. 몇 백 개가 넘는 행과 열이 그분의 클릭 한 번으로 여러 가지 함수에 맞춰서 일사분란하게 움직였고, 자동 계산된 숫자에 맞춰서 결과가 멋진 그래프로 나타났다. 밤새워 일한 데이터가 10분 만에 정리되는 기적 같은 광경을 목격했다. 항상 자기 자리를 잡고 있는 팀장님의 머리카락 한 올 한 올처럼 수많은 데이터들이 자기 자리에 정확히 앉아있었다.

"조대리, 이 업무를 잘하기 위해서는 이 분야와 이 법규에 관한 공부를 꼭 해야 돼."

팀장님은 내가 업무를 하면서 부족한 지식과 기술이 어떤 부분인지 명확히 집어주셨고, 항상 본인의 기술을 전수해주셨다. 그것도 부족하다 싶으면 그 분야의 책을 사주고 읽게 했다. 이것 하나만으로도 참 대단한 분이셨다.

"조과장, 협조 받아야 되는 결재서류 가져와봐."

팀장님은 다른 본부의 협조 결재가 잇따라 반려되었던 결재판을 집어드셨다. 협조 결재를 해주셔야 하는 해당 본부의 전무님은 결재판을 들고 갈 때마다 절 앞의 사천왕 같은 표정을 하고는 반려를 하셨다. 그런 상황에서 매일 밤마다 술만 드시고 아무 일도 안 하는 것 같던 팀장님은 협조 사인을 해주셔야 하는 전무님 방으로 결재판을 들고 출발하셨다.

'본부장님이 절대 안 된다고 하시던 건인데……'

걱정을 하고 있는 사이 팀장님의 전화가 왔다.

"조과장, 전무님 방에 잠깐 와볼래?"

힘없이 전무님 방으로 들어가자 사천왕이 아닌 부처님의 표정을 하고 있는 전무님이 보였다. 팀장님은 분명 전무님께 결재 받으러 들어가셨는데 업무 이야기는 하나도 안 하고 온갖 잡담을 나누면서 웃음꽃을 피우고 있었다. 테이블에는 전무님이 좋아하시는 별다방 커피와 알록달록한 골프용품 몇 가지가 올라가 있었다.

"이게 이번에 새로 나온 골프용품인데 딱 전무님 것 같았고, 잘 어울리시고, 얼씨구 저절씨구."

팀장님은 끊임없이 전무님이 좋아하는 소재들의 이야기보따리를 풀어놓았다.

뒤에 서있는 나에게 전무님은 결재판을 건네며 말씀하셨다.

"결재 했으니깐 가지고 나가봐."

혼자 머리를 싸매고 며칠 동안 보고서를 수정하는 것보다 결재를 하는 사람의 성향을 알고 있는 것이 중요했다. 그런 면에서 팀장님은 회사 모든 사람들의 성향을 알고 있었고, 그들 대부분과 술도 한 번 이상 먹었다. 그 때문에 팀장님은 업무시간에는 일을 할 수 없을 정도로 매일 술에 취해 있었지만 그 덕분에 사람들과 부딪힐 수 있는 문제를 쉽게 해결해주실 수 있었다. 이것 하나만으로도 참 대단한 분이셨다.

"조차장, 허리 많이 아프다며. 이거 너 해라."

내 자리에 책상만 한 택배가 와 있었고, 커다란 택배상자 뒤에 앉아 계신 팀장님의 목소리가 들렸다. 최근 허리가 아파서 자리에서 앉았다 일어섰다를 반복하면서 사무실에서 어쩔 줄을 몰라 하며 식은땀을 흘리던 나를 위해 팀장님은 서서 일하는 책상을 선물해 주신 것이다.

'어른이 주시면 무조건 감사합니다 하고 받는 거야'라고 말씀해주시던 부모님의 가르침이 떠올라서 팀장님에게 감사인사를 드리고 책상에 설치를 했다.

"부모님 영양제인데, 이거 너 해라."

"명절인데 그냥 가면 손이 심심하니깐 이거 너 해라.""

"애들 아직 어리지? 이거 너 해라."

팀장님은 그 누구도 챙겨주지 않던 나와 내 가족을 챙겨주셨고, 그때마다 난 눈물을 흘리면서 열심히 하겠노라고 다짐했다. 이것 하나만으로도 참 대단한 분이셨다.

회사생활이 힘든 건 대부분 사람 때문이다. 그렇다면 힘들 때마다 내 앞의 한 사람을 지그시 바라보면서 그 사람이 가지고 있는 가장 좋은 점 한 가지를 떠올려보자. 리더의 덕목인 무한한 자본, 뛰어난 능력, 원만한 인간관계, 이타적인 마음, 이 네 가지를 하느님께서 모두 다 주시지는 않았지만 그래도 그중 한 가지는 나보다 나은 점이 있을 것이다. 그 한 가지를 중심으로 '저 사람 참 괜찮다'라고 생각하면 내 주위의 사람들이 모두 괜찮아 보인다. 아무리 생각해도 좋은 점이 단 한 가지도 떠오르지 않는 사람이 있다면 그 사람은 조직에 있어서는 안 되는 사람이다. 그런 사람일수록 경험상 빠른 시간 안에 조직에서 사라질 확률이 높다. 그러므로 그런 사람 때문에 힘든 상황이라면 잠시만 기다리자. 사람 보는 눈은 누구나 비슷하다.

21

회사생활을 재밌게 하기 위한 방법

"자네는 회사생활이 재밌나?"

입사한 지 몇 달 안 된 날이었다. 구내식당에서 밥을 먹고 있는데 부사장님이 오시더니 수저를 들며 물어보셨다. 안 그래도 더운 날씨에 일도 힘든 날이라 난 어이없다는 표정을 감추지 못하고 마지못해 대답했다.

"원래 재미없는 것이 정상 아닌가요? 우리가 여행을 가거나 놀이동산을 가거나 쇼핑을 하는 것처럼 돈 쓰는 일은 재밌잖아요. 반대로 회사는 재미가 없으니까 돈을 주겠죠."

지금 생각해보면 부사장님은 다행히도 나의 대답을 신입사원의 패기 정도로 생각하셨던 것 같다. 부사장님은 흥미를 느끼셨는지 다시 물어보셨다.

"그럼 자네는 이 회사에서 나중에 어떤 사람이 되고 싶나?"

부사장님은 이미 '나처럼 CEO가 되고 싶다고 말해!'라는 메시지를 보내고 있었다. 두 손을 만지작 만지작거리면서 왼쪽 눈을 조금씩 떠는 부사장님 앞에서 내 혓바닥은 눈치 없이 춤을 추면서 말했다.

"정년까지 다니면서 애들 대학교 학비 지원받는 것입니다."

나를 포함한 회사원들은 오늘도 회사의 사랑을 얻기 위해 부단히도 노력한다. 그러나 슬프게도 그 사랑이 이루어지지 못하는 순간 회사원들은 그토록 사랑했던 회사를 미워하기 시작한다. 오랫동안 짝사랑했던 상대에게 고백을 했다가 거절을 당한 사람과도 같다. 그러고는 이러지도 저러지도 못하면서 회사의 곁을 떠나지 못하는 불행한 미궁에 빠져버린다. 마치 사랑고백을 거절당하고 오랜 친구로 남아서 영원히 마음 아파하는 것처럼 말이다.

더욱 슬픈 사실은 회사는 사람이 낳은 자연인이 아닌 법이 만들어낸 법인이기 때문에 감정이 없고, 당신이 회사에게 느끼는 사랑과 행복, 미움과 슬픔 그 자체를 회사는 느낄 수가 없다는 것이다. 그럼에도 회사원들은 회사도 날 사랑한다고 착각하면서 혼자 짝사랑을 한다. 회사를 사랑하는 것은 결국 이루어질 수 없는 첫사랑과 같다. 그 사랑을 통해서 행복을 찾는 것은 어려운 일이다.

회사에서 행복을 찾고 싶을 때면 퇴사하는 그날을 상상해본다. 홀로 사회에 나오면 나는 어떤 일을 할 수 있을까? 지금까지의 직장 경력을 살려서 혼자 할 수 있는 일이 있을까? 나 역시 퇴사 후의 미래는 어둡다. 그래서 그 미래를 좀 더 밝히기 위해 매일 고민하고 공부한다. 퇴근 후 아이들을 보고, 밀린 설거지를 하고, 쌓여있는 빨래도 해야 하는데 따로 시간 내기가 쉽지 않다. 하지만 퇴사 후의 나를 위해서 공부하고 노력할수록 지금 회사에서 느끼는 두려움과 불행이 딱 그 노력한 만큼 줄어든다. 이렇게 조금씩 노력해서 두려움과 불행이 완전히 없어질 때쯤이면 그때는 드디어 '회사에서 재미있었어'라고 스스로 도닥이며 즐겁게 퇴사를 할 수 있을 것이다.

22

이직하기 전 3단계 행동수칙

"이 회사는 워라밸이 잘 지켜지고 있으며, 조직문화도 좋고, 지금보다 더 높은 연봉을 드립니다."

헤드헌터들은 눈치 없게도 꼭 부장님께 결재 받을 때 전화를 한다. 게다가 진동과 함께 화면의 발신자 정보가 '헤드헌터'라고 뜨게 되면 상당히 난감해진다. 이 상황에서 식은땀을 흘리며 쉴 새 없이 안경을 만지작거리던 내게 부장님은 눈을 흘기며 무표정하게 입을 여신다.

"요즘 힘든 일이 있나봐? 아니 좋은 일인가?"

그런데 헤드헌터들의 제안처럼 정말 워라밸이 철저하고 서로 존중하는 조직문화에 높은 연봉까지 주는 천국 같은 좋은 회사가 있을까? 남들이 다 좋다는 G글이나 f이스북에 가면 업무시간에 파티도 하고 그럴까? 정말 S사나 H사 같은 대기업을 다니면 연말 성과급으로 차를 바꿀 수 있을까? 많은 직장인들이 자신이 다녀보지 못한 다른 회사에 대해서 환상을 갖고 이직을 한다. 그런데 막상 이직 후 현실을 보면 그렇지 않은 경우가 대부분이다. 실제 내가 이직을 해본 결과 아직까지는 그러했다. 그렇게 경력직으로 이직을 하고, 업무를 하고, 새로운 사람을 만나면 자신도 모르게 흘러나오는 말은 비슷하다.

"이전 회사는 이렇지 않았는데……."

이직은 텔레비전 홈쇼핑이나 진실인지 허위인지 도통 알 수 없는 후기를 보고 사는 인터넷 쇼핑처럼 남들의 상황을 보고 판단해서 결정하는 것이 아니다. 홈쇼핑에서 양념게장을 판매하고 있다. 속이 꽉 차 보인다. 쇼호스트도 맛있다고 하니 한 팩 주문해본다. 그런데 실제 받아서 먹어보니 남들이 표현했던 것보다 맛이 없다. 그래서 그냥 냉동실에 처박아둔다. 이런 식으로 결정을 하면 안 되는 것이다. 이직은 인터넷 쇼핑과 달리 절대 반품이 안 된다는 사실을 기억해야 한다.

일단 이직을 하면 아무리 입사한 곳이 별로라고 판단되어도 그 지긋지긋했던 군생활보다 긴 2년 이상의 기간을 다녀야 사회 부적응자라는 소리를 듣지 않는다. 왜냐하면 다른 사람들은 내가 이 회사를 어떻게 생각하는지와는 관계없이 그저 뉴스기사나 후기만 보고 좋은 회사라고 믿고 있기 때문이다. 그런 회사에서 못 버티고 이직을 하는 나는 남들이 보았을 때 좋은 회사에서도 못 버티는 사람일 뿐이다. 실제로도 이력서를 보는 채용 담당자는 한 회사에서의 경력이 2년 이하인 경우 그 회사에서 문제점을 찾기보다 지원자가 문제가 있다고 생각한다. 이직은 자칫 실수하면 당신의 인생 전체를 흔들 수도 있는 무모한 일이다. 내 인생에 관련된 일인데 남들이 좋다 혹은 싫다 한들 무슨 상관이랴.

수차례의 이직 경험에 기반하여 이직하고 싶을 때 취해야 하는 행동단계를 정리해보았다. 조금 이기적으로 보일 수도 있지만 회사원이라면 회사에 이용당하기 전에 회사를 이용할 줄도 알아야 한다고 생각하기 때문에 이곳에서만 살짝 전수해보고자 한다.

첫째, 당신의 커리어를 발전시켜줄 수 있는 회사를 목록으로 추려본다. 아무리 급여조건이 좋아도 당신이 배울 것이 적은 회사라면 입사 후 2~3년 정도 쓰이고 토사구팽 당할 수 있다. 예를 들어 당신이 어떤 분야에서 업계 1위인 회사에서 2~3위의 회사로 이직한다면 당신이 예전에 다닌 1위 회사에서 배운 경험과 지식을 이직한 회사에 모두 전수해주는 순간부터 승진이 안 될 수 있다. 업계 2위의 회사라도 내부에는 당신이 오기 한참 전부터 1위를 하는 직원들이 있으며, 회사는 조금이라도 더 오래 있었던 사람을 믿기 때문이다. 따라서 추려진 목록에서 현재 회사와 비슷한 수준 혹은 더 나은 수준의 회사로 이직하는 것이 낫다. 또한 업계 2위의 회사라고 근무 강도가 업계 1위의 회사보다 낮다는 보장은 없다.

둘째, 이직을 하기 전에 당신이 추려놓은 이직 희망 회사에 근무하고 있는 직원들과 인연을 만든다. 이직은 동종업계에서 이루어지는 것이 대부분이며, 그 동종업계는 의외로 바닥이 좁기 때문에 지속적인 인맥 관리를 통해 이직을 하고 싶은 회사의 직원과 친해질 수 있다. 그들로 하여금 이직할 회사의 분위기와 상사의 장단점 혹은 성격을 진실되게 사전 확인해야 한다. 직장인들은 친한 친구끼리는 자신의 회사와 상사를 욕하다가도 처음 보는 지원자 앞에서는 본인의 상황을 자랑하고 싶어서 그런지 갑자기 회사 칭찬을 하기 때문이다. 더욱 악랄한 예로, 친한 사람을 본인이 있는 이 지옥과 같은 회사에 끌어들이는 것이 미안하기 때문에 상대적으로 덜 미안함을 느낄 수 있는 안 친한 사람들에게 회사 자랑을 늘어놓는 경우가 많다. 당신이 업계에 오래 있었는데 이직하고 싶은 회사에 아는 사람이 없을 수도 있다. 그런 경우 당신과 친해질 정도로 성격이나 능력이 유사한 사람들은 그 회사에 없다고 판단하면 된다. 더 냉정히 말하면 당신과 비슷한 유형이나 능력을 지닌 사람은 그 회사와 잘 안 맞기 때문에 없는 것이다.

마지막으로 이직 희망 회사의 인맥을 활용해서 친한 거래처 손님인 듯 당신이 지원하고자 하는 팀에 잠입하자. 가서 사무실이나 근처 탕비실에 10분이라도 앉아있으면 대충 그 회사의 분위기가 나온다. 파티션이나 유리칸막이 너머로 사람들이 어떤 대화를 하고 어떤 업무를 하는지 생방송으로 직접 들을 수 있기 때문이다. 탕비실에 배달음식 쿠폰이나 남은 피자 혹은 도시락 박스 등 사무실에서 음식을 먹은 흔적이 많다면 이 회사는 워라밸은커녕 저녁도 먹기 힘든 회사임을 눈치 채야 한다. 퇴근시각에 맞춰서 회사 로비에도 있어보자. 사람들이 아무렇지 않게 퇴근하면 이직 가능한 회사로 합격이다. 그러나 사람들이 파티션보다 낮게 구부리고 눈치를 보면서 재빨리 튀어나오거나 대역 죄인들이 포승줄에 묶여서 이동하듯 상사를 따라 줄줄이 바닥을 보면서 저녁을 먹으러 가는 경우, 심지어 사람 대신 야식이 들어가면 그 회사는 업무 외의 것들로도 당신을 충분히 괴롭힐 수 있는 회사이므로 불합격이다.

난 이직하고 싶을 때마다 위의 3단계 행동수칙을 통해 목록에 있는 회사에 가서 앉아있었다. 그리고 비밀이지만 지금 회사를 다니면서도 다른 회사 사무실에 가서 잘 앉아있는다. 그렇게 다른 회사에 가서 앉아있어본 결과, 밖에서는 아무리 좋아보여도 막상 안에서 보면 별거 없고, 어려운 일 같아 보여도 다 사람이 하는 일이다. 밖에서 만났을 때 진짜 좋아 보였던 사람도 안에서 일할 때 보면 안 그런 경우가 허다하고, 결국은 이게 좋으면 저게 나쁜 것이 현실이다. 현재 당신의 회사나 상사가 너무 싫어서 이직하고 싶다면 꼭 다른 회사에 가서 앉아있어 보기를 권한다. 객관적으로 볼 때 당신이 생각하는 것보다 지금 당신의 회사와 상사는 그다지 나쁘지 않을지도 모른다.

23

퇴사를 하는 네 가지 이유

'퇴사 사유(구체적으로 기술하시오).'

오늘도 게시판에 올라와 있는 사직서 파일을 컴퓨터 바탕화면에 저장해놓고 몰래 열었다가 누가 볼까봐 급히 닫는다. 마음 같아서는 대충 써서 내버리고 싶지만 그래도 마지막 정성이라 생각하고 부서명과 이름을 작성하고 나면 '퇴사 사유'라는 난관에 봉착한다. 난 왜 회사에 어렵게 들어와서 지금은 퇴사하는 이유를 쓰고 있는 것인지 처음 입사했을 때의 기억을 떠올려본다.

입사지원서에 썼던 입사 사유는 어느 회사에 내더라도 회사이름만 바꿔서 내면 됐다. 오히려 지원 동기를 1,000자로 쓰라는 요구가 심히 부담이 됐는데 그 이유는 '돈 때문에'라는 네 글자로 함축할 수 있는 입사 동기를 억지로 늘려야 했기 때문이다. 그런데 사직서의 퇴사 사유는 입사 사유와는 반대로 어느 회사에서 퇴사를 하더라도 같은 이유가 없다. 더욱이 10,000사 이상이 되더라도 막힘없이 길게 쓸 수 있는 퇴사 사유를 100자 이내로 구체적으로 쓰라는 요구는 마지막까지 날 피곤하게 했다.

또 한 가지, 모르는 사람에게 거짓말을 하는 입사지원서와 달리 사직서는 아는 사람에게 진실을 말하는 것과 같다. 대놓고 읽는 사람 얼굴에 침을 뱉는 것 같은 마음이 들어서 더 어렵다. 그래서 나는 결국 퇴사 사유를 '일신상의 사유'라 적고 내가 퇴사하는 모든 이유를 함구해버렸다. 입사 사유는 현실적으로 '돈을 벌기 위해서'였기 때문에 퇴사 사유는 반대로 '돈을 다 벌었기 때문에'가 옳다. 그런데 이런 퇴사 사유는 아직까지 본 적도 들은 적도 없다. 그렇다면 최소한 '다른 회사에서 더 많이 준대요'라고 적혀 있어야 하는데 그렇지도 않다. 그렇다면 우리는 왜 자꾸 개인적인 사유로 퇴사를 하는가?

퇴사를 하는 첫 번째 이유는 사람이 미워서다. 회사란 가족보다 더 많은 시간을 함께하지만 구성원 각자의 이해관계가 있기 때문에 이해관계가 없는 가족관계와는 태생부터 다른 집단이다. 근본부터 다른 회사의 인간관계에서 가족 같은 친절함과 아름다움을 기대했다면 그것은 욕심이다. 회사가 먼저 가족 같은 분위기의 회사라고 홍보할수록 경험상 그 회사는 假(거짓 가)+족 같은 분위기인 경우가 많았다. 더욱이 회사 대표가 당신을 가족이라고 생각해서 회사의 이익을 즉시 배분해주거나, 당신이 잘못해도 부모님처럼 책임을 덮어주진 않으니 절대 믿지 말아야 한다.

퇴사를 하는 두 번째 이유는 그 조직에서 자신이 발전하는 것이 느껴지지 않기 때문이다. 이것은 매슬로의 인간의 욕구 단계로 설명된다. 이 이론에 따르면 인간의 자아실현 욕구는 그 하위욕구인 생리, 안전, 소속, 자존감의 욕구인 네 가지 욕구가 충족된 상태에서 발현된다. 이 욕구를 현실에 반영해서 계산해보면 회사생활은 인간의 다섯 가지 욕구 중 네 가지가 달성되어 있고, 비율로 계산하자면 80점짜리 행복한 상황이다. 예를 들어 회사에서 화장실을 못 가게 한다거나, 책상 옆에서 폭탄이 터지고, 상사가 빵셔틀을 시키며 사원증을 뺏는다거나, 당신이 과장인데 대리라고 부르는 경우는 없기 때문이다. 당신은 회사 안에서 생리, 안전, 소속, 자존감의 욕구가 이미 충족되고 있다. 결국 당신이 불만인 것은 마지막 한 가지의 행복인 자아실현을 하겠다는 욕구가 충족되지 않았기 때문이다. 그러나 회사의 목적에는 당신의 자아실현은 원래 안중에 없고회사의 목표달성만 있을 뿐이다. 당신은 이러한 회사의 생태와 현실을 알지 못하고 자아실현을 하겠다는 이기적인 욕심을 부리고 있는 것이다. 더 현실적으로 이야기하자면 자아실현은 내가 남의 돈을 받지 않고 내 돈을 쓰면서 해야 가능한 일이다.

퇴사를 하는 세 번째 이유로 내가 회사에 있으면 회사와 팀에 민폐라고 생각하는 아주 낭만적이고 순진한 이유도 있다. 당신의 업무가 회사에 큰 도움이 안 되는 것 같고 매일 혼나고 실수만 하기에 부끄러워서 그만두고 싶은 것이다. 당신이 없으면 다른 동료들의 삶이 더 나아지고 회사가 더 잘될 것 같은 느낌이 들기 때문에 퇴사를 고민한다. 그러나 이것은 당신이 당신의 능력을 정확히 알지 못하기 때문이고, 업무를 더 잘하고 싶은 욕심과 마음만큼 잘 안 되는 괴리 사이에서 나타난다. 또한 주위 사람들의 무책임한 질책과 조직원의 능력을 전혀 고려하지 않은 업무분장이 문제인 경우가 많다. 당신 혼자 잘해서 회사의 매출이 급등하지 않듯이 회사의 매출이 급감하는 것은 당신 혼자 못해서가 아니다. 잘 안 되면 안 되는 대로 놔두면 된다. 당신 혼자 잘한다고 잘되는 것이 아니다. 잘해야 한다는 욕심이 죄책감을 낳고, 그것은 결국 퇴사를 야기한다.

　퇴사를 하는 마지막 이유는 당신이 번아웃되었기 때문이다. 사람이고 일이고 이 꼴 저 꼴 보기 싫고, 삶의 이유도 없으며, 사고 싶은 것도 없고, 무언가 성취를 해도 전혀 보람이 없다. 돈도 싫고, 매일 불면증에 시달리며, 잠이 들더라도 악몽에 시달린다. 노래가사처럼 집에 있어도 집에 가고 싶을 정도인데, 회사에 안 나오거나 야근을 하지 않으면 불안하다. 이러한 번아웃 상태는 지속기간이 길고, 상대방뿐만 아니라 본인도 알아채기 힘들어서 해결이 쉽지 않은 최악의 상태다. 모든 욕심이 사라지고, 돈도 명예도 싫은 이 상황이 제일 극복하기가 어렵다. 다른 사람들이 충고하길 친구도 만나고 취미를 갖거나 연차를 쓰라고 하지만 그냥 이 상태는 친구도 싫고, 쉬어도 하고 싶은 것이 없으며, 방에 조용히 처박혀서 잠만 자고 싶다. 심지어는 출근하면서 '그냥 교통사고라도 나서 병원에 누워버렸으면 좋겠다' 생각하거나 시간이 멈추는 상상까지 하게 된다.

만약 당신이 지금 번아웃 상태라면 스스로가 욕심조차 초월해 있다고 느낄 것이다. 그러나 조심스럽게 당신의 과거를 되돌아보면 당신은 앞서 말한 세 가지 퇴사 사유의 정점에 서있다. 회사에서 사람도 돈도 명예도 더욱 더 욕심을 부리다 보면 번아웃까지 도달하게 되어서 퇴사를 하는 것이다. 당신의 그 욕심들 때문에 당신이 회사에서 그나마 갖고 있던 80점짜리 행복까지 잃고 0점이 되는 꼴이다.

욕심을 버리고 당신의 깜냥에 맞게 적당히 해야 건강하고 행복하게 오래 회사생활을 할 수 있다. 그게 당신과 당신 가족을 위한 길이며, 역설적으로 회사를 위한 길이기도 하다.

직장인가 극장인가, 영화 같은 일들은 계속되고

3장

1

절대 실패하지 않는 계획이 무엇인 줄 아니?

"조과장, 너는 다 계획이 있구나?"

팀장님이 대표님께 보고를 하러 가는 조과장의 뒷모습을 바라보면서 말씀하셨다. 조과장은 무표정하게 돌아보며 팀장님께 대답했다.

"팀장님, 저는 이 사업이 리스크하거나 실패할 것이라고 생각하지 않아요. 어차피 내년이면 성공할 사업이거든요."

조과장은 엘리베이터를 타고 20층에 있는 대표님의 집무실까지 올라갔다. 항상 그늘에 가린 어두운 지하 1층에서 일하다 보니 20층 사무실에 들어오는 햇빛이 조과장의 눈을 따갑게 했다. 비서의 안내를 받아 대표님 집무실에 들어가자 대표님은 햇빛을 받으며 낮잠을 주무시고 계셨다. 비서가 손뼉을 짝! 하고 쳐서 대표님을 깨웠고, 조과장은 대표님께 보고를 시작했다. 보고가 끝나자 대표님은 결재판을 열어놓고 서명을 할지 말지 망설이셨다. 조과장은 펜을 쥔 채 차마 사인을 못하고 고민하는 대표님의 손목을 잡고 말씀드렸다.

"대표님, 실전은 기세입니다."

대표님은 결국 신사업 실행에 대한 결재를 해주셨고, 조과장 팀은 새로운 사업을 진행하게 되었다.

"예전에도 예술 같은 신사업들이 있었는데, 다른 사람들이 신사업을 맡으면 한두 달을 못 버티고 모두 힘들다고 퇴사해버려서……."

하루는 대표님이 차마 실행하지 못하고 검토 단계에서만 오래 머물렀던 신사업들에 대해서 아쉬워하시면서 조과장의 의견을 물어보았다. 조과장은 그 이야기를 말없이 끝까지 들었다. 그리고 집무실을 나가기 직전에 대표님께 입을 열었다.

"제가 사람 하나 획! 하고 떠올랐는데, 제 사촌의 과 후배 중에 '최식하'라고 일리노이 대학교를 나온 친구가 있는데 그 친구 한번 만나보심이 어떠신지요?"

조과장의 추천으로 집에서 놀고 있던 '최식하 과장'은 대표님 면접을 보게 되었다. 조과장은 면접 전 최과장에게 대표님이 좋아하시는 것들로 조합된 합격의 족보를 알려줬다.

"최식하 외동딸 일리노이 시카고, 과 선배는 김상무. 그는 네 사촌."

최과장은 무난하게 면접에 합격해서 팀에 합류했고, 그들은 언제 사고가 날지 모르는 신사업의 불안함은 잊은 채 하루하루 높아진 연봉에 만족하며 흥청망청 즐겁게 지내고 있었다. 대표님이 해외출장을 가신 어느 날 조과장과 팀장, 최과장은 전망이 좋은 20층에 모여서 파티를 했다. 대표님의 넓은 회의실에서 법인카드를 마음껏 긁어 술과 음식을 차려놓고 먹고 마셨다. 그렇게 회사 돈을 쓰고 놀던 중 대표님의 비행기가 악천후 때문에 결항되어 이로 인해 출장이 취소되었다는 연락을 받았다. 모두들 급하게 술병을 치우고 20층에서 빠져나가야 했다. 엘리베이터를 타면 대표님과 마주칠 수 있기 때문에 살금살금 비상계단을 통해 어둠 속 바퀴벌레처럼 내려갔다. 때마침 빌딩은 물청소 중이라 지하 계단 바닥이 구정물로 흥건했다. 조과장은 흠뻑 젖은 구두를 두 손에 들고 햇빛도 들지 않는 지하 1층 사무실로 다시 돌아왔다. 이미 그곳에는 먼저 도망 나온 최과장과 팀장님이 허탈한 표정으로 누워 있었다. 팀장님은 뒤늦게 도착한 조과장에게 속삭였다.

"너, 절대 실패하지 않는 계획이 무엇인 줄 아니? 무계획이야, 무계획. 계획을 하면 반드시 계획대로 안 되거든 인생이. 그러니깐 계획이 없어야 돼. 계획이 없으니깐 뭐가 잘못될 일도 없고, 애초부터 계획이 없으니깐 뭐가 터져도 다 상관없는 거야."

다음 날 대표님은 팀의 사정을 아는지 모르는지 이른 아침부터 신사업 진행상황 보고를 받겠다고 하셨다. 어제 일로 모두 정신이 없는 상태에서 오직 대표님께 잘 보여 이번 달 월급을 받기 위해 거짓으로 긍정적인 보고서를 꾸미기에 바빴다. 팀장님이 웃으면서 대표님께 신사업 보고를 하는 사이 조과장은 그동안 안일하게 일하느라 처리하지 못했던 자금의 이자가 눈덩이처럼 불어나 있음을 알게 되었다. 심지어 거래처도 잠적해버린 사실을 뒤늦게 알게 되었다. 그들이 먹고 즐기는 사이에 신사업은 회사 전체를 파산의 구렁텅이로 빠뜨리고 있었던 것이다. 이 일로 팀장님과 조과장, 최과장 모두 해고를 당했고, 대표이사는 배임죄로 법정에 섰다. 물론 회사도 법정관리로 넘어가게 되었다.

몇 달 뒤 새로운 대표가 선임되었다. 새 일자리를 찾던 조과장은 옆 빌딩에 위치한 유사한 업종의 회사에 취직했다. 이번에도 새로운 회사에 기생하기 시작한 조과장은 예전 회사의 사무실을 보며 이미 퇴직해서 연락조차 닿기 힘든 팀장님께 결재판을 들고 보고하듯 중얼거렸다.

"팀장님, 저는 근본적인 계획을 세웠어요. 돈을 벌겠습니다. 그리고 가장 먼저 이 회사를 사겠습니다. 팀장님은 올라오시기만 하면 됩니다. 그날이 올 때까지 건강하세요."

2

보고서, 손은 눈보다 빠르다

"아야~ 슬슬 회의 끝낼 준비해야 쓰겄다."

싸늘하다. 가슴에 비수가 날아와 꽂힌다.

오늘까지 보고서 결재를 받아야 하지만 걱정하지 마라. 손은 눈보다 빠르니까.

전무님께 밑에서 한 부, 상무님도 밑에서 한 부, 나한테 한 부, 전무님께 다시 밑에서 한 부, 이제 상무님께 마지막 한 부. 갑자기 전무님이 내 손목을 잡으며 말한다.

"동작 그만, 밑장 빼기냐? 내 보고서하고 김상무 보고서를 밑에서 뺐지? 내가 빙다리 핫바지로 보이냐?"

"증거 있으십니까?"

"증거? 증거 있지. 너는 내한테 보고서 '최종본'을 줬을 것이여. 그리고 김상무한테 줄려는 거 이거 이거, 이거는 '최종본_version2' 아니여? 자 모두들 보쇼. 내가 잘못된 보고서를 사장님께 올리게 해서 내 회사생활을 끝내게 하겠다 이거 아니여?"

"시나리오 쓰시는 거 아닙니까?"

떨리는 내 대답이 끝나자마자 팀장님이 일어나며 소리친다.

"예림씨! 전무님 보고서 봐봐! 혹시 '최종본_version3' 아니야?"

그러자 예림씨의 손을 막으며 전무님이 소리친다.

"보고서 건들지 마. 인사평가 날라가붕게! 야 사직서 가져와."

"꼭 이렇게까지 하셔야만 하십니까?"

"보고서 틀리면 피 보는 거 안 배웠냐?"

"그럼 전무님 보고서가 최종 업데이트된 수정본이라는 것에 제 회사생활 모두를 걸겠습니다."

"이 녀석이 어디서 약을 팔어? 오냐 내 회사생활과 30년간 쌓인 퇴직금까지 모두 건다. 보고서 싹 다 가져와."

사직서 양식과 퇴직금 내역이 회의 테이블 위로 준비가 되자 전무님은 사악하게 웃시며 말씀하신다.

"까볼까? 그럼 지금부터 확인 들어가겠습니다. 따라라라~"

보고서의 마지막 장을 넘기는 전무님의 표정이 상기되고, 주위 사람들은 소스라치게 놀란다.

"최종본_version5네! version2도 version3도 아닌 version5여!"

오늘도 어디가 최종인지, 어디가 마지막일지 모를 기나긴 대하보고서를 쓰다가 집에 갈 수 있을지 모르겠다.

오늘의 파일명: 레알최최최최최종본, 이거진짜파파파파파이날_v13

3

너도 목숨 걸고 일할 수 있겠냐?

"내가 회사생활을 열아홉에 시작했다. 그 나이 때 생활 시작한 놈들이 백 명이다 치면 지금 남아 있는 사람은 나 혼자뿐이야."

전무님의 과거 회상이 시작되었다. 이야기 속의 배경은 격동의 민주화시대를 막 거쳐 아직 서울올림픽 호돌이가 태어나기도 전이다. 말씀을 하시다는 눈을 지그시 감고는 마치 온몸에 기름때를 묻혀가며 열심히 일했던 과거의 모습이 보이는 듯 그 기름때를 씻기 위해 목이 부러져라 심하게 뒤로 꺾으면서 소주를 들이키셨다.

"나는 어떻게 이곳까지 왔느냐. 잘난 놈 재끼고, 못난 놈 보내고, 안경잽이같이 배신하는 새끼들 다 짤랐다."

전무님은 마치 〈타짜〉의 곽철용으로 빙의한 것 같았다. 조금 더 있으면 술상을 뒤엎고 '묻고 더블로 가'라고 외칠 기세로 술과 함께 성공한 자아에 취해 있었다.

"역시 전무님 대단하십니다. 존경합니다. 제 인생의 롤 모델이십니다."

이미 지하철은 끊겼다. 내 영혼은 나에게 '먼저 들어가서 죄송합니다'라고 인사하고 막차 타고 퇴근한 상태다. 이 정도 시간이 되면 이제는 다 포기한 상태로 아무 생각 없이 세 치 혀가 움직이는 대로 추임새를 넣게 된다.

"너도 나처럼 목숨 걸고 일할 수 있겠냐? 내가 너 끌어줄게."

이미 만취한 전무님의 얼굴은 내 얼굴에 붙을 정도로 가까워져서 전무님의 거친 콧바람이 내 볼에 스치는 것조차 모두 느껴졌다. 전무님도 나처럼 아무 말씀이나 하고 싶은 대로 다 하고 계시는 것 같았다. 시간이 너무 늦어 호프집에 남아있는 사람은 아무도 없었다.

"감사합니다, 전무님! 충성을 다하겠습니다."

난 이렇게 대답하면서도 '사무실에서 무슨 목숨을 걸고 일해. 죽으려고 회사 왔나? 먹고살려고 회사 왔지'라고 생각했다.

사실은 날 끌어주고 나발이고 다 필요 없고 그냥 집에 가서 씻고 자고 싶었다. 지금 들어가도 세 시간밖에 못 자고 출근할 판국이다. 책상에 산더미처럼 쌓여 있는 내일 업무도 걱정이 되지만 이 순간 제일 걱정되는 것은 결국 피곤한 내 자신과 집에서 기다릴 내 가족이다. 전무님이든 누구든 회사에서는 그 누구도 내 가족과 내 삶을 책임져주지 않는다는 것을 알고 있다. 책임도 책임이지만 오늘 이렇게 전무님과 술 마시고 내일 당장 지각하거나 제대로 일을 못하면 사람들은 전무님 때문에 늦게 들어간 내 상황을 알면서도 결국 나를 비난할 것도 잘 알고 있다. 아랫사람이 늦게 들어가게 된 이유는 윗사람 때문인데, 사람들은 치사하게 본인들보다 강한 윗사람은 비난하지 못하고 애꿎게도 아랫사람이 정신 못 차리고 산다며 비난한다.

지금 내 눈앞의 전무님보다 더 미운 사람은 따로 있다. 지하철이 끊긴 지 언젠데 영업 종료도 안 하고 기름때로 누렇고 끈적끈적해 보이는, 랩으로 두른 오래된 리모컨을 한손에 잡고 천장 모서리의 작고 오래된 브라운관 텔레비전의 채널만 돌리고 있는 어둑어둑한 호프집 사장님이 제일 밉다. 다행히 곧 대리기사가 도착했고, 난 까만색 고급 자동차의 뒷문을 양손으로 공손히 닫고 꾸벅 인사를 했다. 집에 가는 택시 안에서 긴장도 풀리고 피곤이 몰려와서 술기운이 올라온다. 머리가 깨질 듯이 어지러워 창문만 열었다가 닫았다가 하면서 계속 다짐한다.

'난 다른 사람의 소중한 시간을 뺏어 내가 하고 싶은 이야기, 내 자랑만 하지는 말아야지.'

'전 세계 어떤 회사의 업무분장에도 절대 없다는 상사 비위 맞추기 업무는 하지도 말고 시키지도 말아야지.'

'회사에서 책임지지도 못할 말은 아예 하지 말아야지.'

술자리가 있을 때마다 이렇게 다짐하고 또 다짐했더니 이제는 회사에서 업무 외의 말은 거의 안 하게 되었다. 나도 생각이 있고 하고 싶은 말도 있는 사람인데 남들이 볼 때는 말이 없으니 항상 지쳐 보인다. 사실 난 일에 지쳐 있는 게 아니라 사람에 지쳐 있는 것인데 사람들은 그냥 시키는 대로 묵묵히 일만 하는 사람인 줄 알고 있다. 이쯤 되면 퇴근시간에 또 다시 전무님의 검은 그림자가 드리운다.

"조과장, 요즘 일하느라 힘들지? 소주 한잔 사줄까?"

4

무릇 움직이는 것은 너와 나의 마음뿐이다

어느 깊은 점심시간, 잠에서 깨어난 대리가 울고 있었다. 그 모습을 본 조차장이 기이하게 여겨 대리에게 물었다.

"무서운 꿈을 꾸었느냐?"

"아닙니다."

"슬픈 꿈을 꾸었느냐?"

"아닙니다. 승진하는 달콤한 꿈을 꾸었습니다."

"그런데 왜 그리 슬피 우느냐?"

대리는 흐르는 눈물을 닦아내며 나지막하게 말했다.

"그 꿈은 이루어질 수 없기 때문입니다."

승진은 달콤한 독이다. 남들보다 빠르게 승진하면 높은 급여는 물론이고 주위의 부러움을 받지만 반대로 업무의 과중한 부담과 주위 사람들의 시기, 질투도 얻는다. 반대로 승진이 더디면 상대적으로 낮은 급여와 주위의 무시를 받지만 업무의 부담감은 적으면서 주위의 동정과 무관심을 얻는다.

승진을 하는 것은 마치 농부가 과수원의 과일을 수확하는 것과 같다. 과일의 크기가 크거나 단순히 오랜 시간 나무에 매달려 있었기 때문에 수확을 결정하면 안 된다. 과일이 익는 계절과 날씨를 알고, 과일마다 다른 당도를 알아야 하며, 해당 시기에 수요량을 적절히 맞춰서 수확을 해야 한다. 과일의 크기가 크다고 일찍 수확하면 맛이 쓰거나 시어서 먹을 수 없고, 크기가 작다고 늦게 수확하면 이미 속이 곯아서 상품으로서의 가치가 없다.

만약 당신이 회사에서 나이와 경력에 비해 승진이 빠른 상태라면 그것은 결코 당신 혼자 잘해서가 아니다. 유능한 사람들이 당신 곁에 있고, 당신에게 맞는 기회가 적절한 시기에 왔기 때문이다. 과일이 잘 익게 되는 것과 마찬가지다. 양육에 적합한 날씨와 비옥한 토양, 정성스럽게 돌봐준 농부, 그리고 영양분을 잘 흡수할 수 있도록 건강하게 자란 나무 덕분이지 결코 과일이 혼자 잘해서가 아니다. 과일이 맛있게 익은 것에 대해서 과일 스스로가 자만한다면 주위에서 볼 때는 우스운 상황이 될 것이며, 농부는 더 이상 그 자만한 과일을 돌보지 않을 것이다. 먼저 열린 그 과일은 주위에 감사해하는 마음으로 남들보다 먼저 다른 나무로 클 수 있는 좋은 씨앗을 자신의 몸 안에 품고 키워가야 한다.

반대로 당신이 회사에서 동료보다 승진이 늦은 상태라면 그것 역시 당신이 무능해서가 아니다. 당신은 여름에 제일 맛이 좋은 수박인데 실수로 과수원을 잘못 골라서 겨울에 맛이 좋은 과일이 잔뜩 있는 감귤 과수원에 앉아있을 수도 있다. 과수원이 있는 지역의 기후가 맞지 않고 토양이 비옥하지 않은 상황일 수도 있으며, 나무 자체는 좋은데 단순히 농부의 입맛이 수박을 싫어해서 감귤보다 물을 안 줄 수도 있다.

본인이 사과인지 수박인지 감귤인지, 달콤한 과일인지 새콤한 과일인지 모르는 상황도 있다. 실제로 본인이 이런 상황에 처한 과일이라면 과수원 또는 농부를 바꿔봐야 자신이 무슨 과일인지 알게 된다. 결코 본인이 타인보다 수확이 늦다고 좌절하거나 걱정하지 말 것이다.

회사에서 가장 어려운 일은 사람이 사람을 평가하는 것이다. 과거에 아무리 잘했어도 시간이 지날수록 그렇지 않은 경우가 있다. 모든 사람들이 이해할 수 있도록 공정하고 공평하게 성과가 돌아가기 힘들다. 또한 인사평가에 대한 결정은 실수를 해도 되돌릴 수 없고, 평가에 대한 책임이 불분명하다.

점심시간에 슬프게 울고 있던 대리에게 과수원과 과일 이야기를 말해주었더니 울음을 그치고 이렇게 대답했다.

"저기 야구 보고 주무시고 계신 부장님은 그냥 오래 다니면서 사장님 비위 맞추고 계속 별생각 없이 버텼더니 자기만 빼고 다 그만 둬서 부장 되었다고 하던데요?"

그날 이후 어느 맑은 날의 업무시간, 바람에 이리저리 휘날리는 사직서를 바라보며 대리가 말했다.

"조차장님, 저것은 사직서가 움직이는 겁니까, 바람이 움직이는 겁니까?"

조차장은 대리가 가리키는 곳은 보지도 않은 채 웃으며 말했다.

"무릇 움직이는 것은 사직서도 아니고, 바람도 아니며, 너와 나의 마음뿐이다."

5

회사란 무엇입니까?

"회사란 무엇입니까?"

"회사원이라는 사람이 회사가 뭔지도 몰라?"

"압니다. 너무 잘 알지요. 우리 회사 정관 제1조 2항! 이 회사는 아래의 업무를 영위함을 목적으로 한다. 회사는 업무를 하는 곳입니다!"

많은 회사원들이 회사의 정의와 목적을 잊곤 한다. 아니 잊는다기보다 스스로 잃는다. 그런 사람일수록 회사의 이익을 위해서가 아니라 상사에게 잘 보이기 위해서 행동하고, 그것이 곧 회사 업무를 잘하는 것이라고 착각한다. 그리고 시간이 지날수록 그것이 착각인지조차도 잊어버린다. 상사에게 잘 보여서 성장한 회사원일수록 자신과 똑같이 자신의 비위를 잘 맞추는 직원을 키워준다. 업무 능력은 당연히 뒷전이다. 그 사람이 그동안 해온 건 업무가 아니었기 때문에 업무 능력으로 사람을 판단하는 것 자체가 불가능하다. 그런 회사원들이 하나둘 늘어날수록 회사의 목적과 정의는 불분명해져서 회사는 점차 올바른 판단을 할 수 없게 된다.

상사의 심기를 건드리는 부정적인 보고서는 '그러한 분'들에 의해서 중간에 걸러진다. 그래서 현재 진행하고 있는 프로젝트가 잘못된 방향으로 계속 가고 있어도 '그러한 분'들은 항상 업무시간에 일을 하지 않고, 회사 비용인 야근식대로 술과 고기를 탐닉하며, '그러한 분'들끼리 관계를 쌓기 때문에 별 걱정 없이 항상 기분이 좋다. 물론 겉으로는 제일 일을 안 하면서도 제일 걱정하는 척하기는 1등이다. 설령 한 직원이 현재 상황이 잘못되고 있다고 불편한 보고를 하면 '그러한 분'들이 총출동해서 그 직원을 발본색출하고 입을 막아버린다.

"왜 잘못되고 있는지 근거를 가져와."

"이 업무에 해당하는 법규를 모두 찾아와."

"보고서 형식이 이게 뭐야? 줄 간격 다시 맞춰와."

이렇게 시간을 끌게 하면서 본인의 임기 연장을 위해 혹은 승진 전에 터지지 않도록 어떻게든 사고를 미뤄둔다. 바위처럼 땅속 깊은 곳까지 박혀 있는 커다란 부정적인 우려를 모래알 같은 가벼운 긍정으로 쉽게 덮어버리는 것이다. 그래야 '그러한 분'들은 상사를 항상 기분 좋은 상태로 만들 수 있고 본인의 생명도 연장되기 때문이다. 그렇게 회사는 조금씩 침몰해간다.

관리자, 책임자, 경영자로 직급이 올라갈수록 아랫사람들에게 기분 좋은 소리만 듣기보다 불편한 소리 듣는 것을 좋아해야 한다. 본인이 아무리 맞다고 생각해도 반대 의견을 내는 직원들을 소중히 여겨야 한다. 윗사람이 보았을 때는 근거가 미약할 수도 있다. 그러나 아랫사람이 그렇게 이야기하는 것은 용기와 소신을 가지고 그만큼 고민을 했다는 얘기다. 반대로 윗사람에게 동조하고 아첨하는 말은 고민 없이 습관적으로 쉽게 나올 수 있는 말이다. 본인과 반대되는 새로운 의견을 경청해야 그동안의 경험만을 믿고 당연시했던 일들에 대해 고민해볼 수 있고, 이성적으로 올바른 판단을 할 수 있다. 옛 왕들이 정말 무지하고 탐욕만 즐겨서 아첨하는 간신배 몇 명에 의해서 몰락했을까?

아주 작은 가능성이겠지만 언젠가 내가 임원이 된다면 다 같이 모인 회의자리에서 말도 안 되는 제안을 해보고, 그때 웃으면서 날 따르는 사람을 발본색출하고 싶다. 예를 들어 "우리 회사는 자동차 제조회사이지만 3일 뒤부터 당장 밀가루를 생산하도록 하게"라는 말도 안 되는 지시를 하고 "네, 현명하신 판단이십니다"라고 대답하는 사람들을 가만두지 않을 것이다.

오늘도 회의시간에 한소리 듣고 행복한 상상을 하면서 퇴근하지만 이렇게 다니면 얼마 안 되서 '그러한 분'들에 의해서 곧 발본색출 당해 능지처참을 당할 참이다.

6

너 내가 누군 줄 알아?

"느그 사장 어디 있어? 사장 델꼬와. 니 내가 누군 줄 아나 어? 내가 느그 사장이랑 마!!"

"아 저기 선생님, 실례지만 저희 사장님과 관계가 어떻게……."

"너거 사장 강남구 살제? 어?"

"아. 네."

"내가 임마! 너거 사장이랑 마! 어저께도 어? 같이 밥 묵고 어? 사우나도 같이 가고 어? 마 다 했어!!!"

"저…… 저희 사장님 영국사람인데, 사우나는 좀 과한데요."

불특정 다수를 대하는 일을 하다 보면 영화 같은 대화를 많이 나눈다. 계약과 업무를 떠나서 처음부터 소리치며 욕부터 하면 가만히 듣는 방법밖에 없다. 욕을 실컷 해도 내가 차분하게 숨을 쉬고 있으면 그 사람은 더욱 분을 참지 못하고 2차 공격을 한다.

'인터넷에 올릴 것이다.'

'친한 기자에게 제보할 것이다.'

'당신 회사 앞에 가서 시위할 것이다.'

'잘 아는 국회의원에게 말할 것이다.'

이쯤 되면 나도 슬슬 화가 나기 시작한다. 벌떡 자리에서 일어났다가도 어차피 앉으나 서나 막무가내로 욕하는 사람은 못 당한다는 경험적인 판단에 다시 털썩 의자에 앉는다. '같이 욕하면 똑같은 사람 되는 거니까' 혹은 '난 교양 있는 문화시민이니까'라며 어린 시절 부모님이 해주신 말씀을 생각하면서 스스로 위로를 하고 자리를 뜬다. 그래도 결국 다시 욕쟁이를 만나야 하는 상황이 되면 아래의 행동지침을 따른다.

먼저 억지로 웃으면서 되지도 않는 칭찬을 한다.

"사장님께서 저를 아들같이 생각해주면서 해주신 진심어린 조언 덕분에~"

"사장님께서 역시 노하우가 많으셔서~"

이렇게 말하면서 직접 만나기라도 하면 두 손으로 그분의 손을 꼭 잡고 악수를 한다. 설령 그분이 사장이 아니더라도 호칭을 높여 사장님 혹은 회장님이라고 부른다. 스킨십과 립 서비스가 사람의 마음을 풀어준다. 그래서 정치인들이 사람들을 만나자마자 꼭 악수부터 하나보다. '당신이 아무리 화를 냈어도 난 이렇게 당신에게 악의가 없고 당신을 칭송합니다'라고 알려주어 상대의 긴장을 풀어줘야 그분이 다시 욕을 안 하고 나도 욕을 안 해도 되는 아름다운 상황이 된다. 물론 악수할 때에는 화장실을 다녀온 후 절대 손은 닦지 않은 상태거나 급하게 코라도 후빈 손을 내밀어야 한다. 하찮은 복수심이지만 온갖 바이러스가 손에 잔뜩 묻어 있을수록 내 마음이 편해진다.

억지로 마음을 달래 웃기란 쉽지 않은 일이다. 이렇게 했음에도 또 상대방이 욕을 하고 그 욕을 또 먹게 되면 마음이 아프다. 그런 내 마음을 더 아프게 하는 것은 막상 욕을 한 당사자는 아무렇지도 않다는 것이다. 당한 것은 난데, 스트레스 받는 것도 나고, 이로 인해서 건강이 안 좋아지는 것도 결국 나다. 결국 손해 보는 것은 나고, 내가 욕을 먹어서 얻는 것이라고는 내 손해뿐이다. 난 오늘도 나쁜 놈들에게 웃어주기 위해서 화장실을 가거나 급하게 코라도 후빈다. 살면서 은혜는 못 갚아도 복수는 해야 하지 않겠나!

7

느그 아버지 뭐하시노?

"조대리, 느그 아버지 뭐 하시노?"

영문도 모른 채 영화의 한 장면처럼 부장님께 혼나고 있었다.

"느그 아버지 뭐 하시냐고?"

거듭되는 부장님의 질문에 가까스로 입을 열었다.

"제 아버지가 뭐하시는지 왜 중요합니까?"

"니가 지금 울린 신입사원이 누군지 알어? B그룹 사장님 둘째자녀 분이시라고!"

난 부장님과 손을 잡고 신입사원님을 찾아가 머리 숙여 사죄한 후 용서를 구걸했지만 이미 꼬여버린 내 회사생활은 풀리지 않았다. 그 당시는 나 역시 억울하고 개탄스러워서 소주 네댓 병을 마시고는 눈물로 다시 그 병을 채웠다. 나는 학점도 어렵게 따고, 토익시

험도 보고, 그렇게 겨우겨우 졸업해서 회사에 입사했다. 그런데 아버지 잘 만난 사람에게 이 회사는 '성에는 안 차지만 남들 보기 조금 그래서 잠시 경영수업을 받기 위해서 스쳐가는 곳'이라는 느낌 정도의 장소였나보다. 그런 상황에서 높으신 분의 높으신 자제분을 미리 알아 뵙지 못하고 산적 같은 덩치의 말단 대리가 가서 윽박질러버렸으니 그분도 얼마나 억울하고 황당해서 눈물까지 났을까. 결국 무지에서 비롯된 내 행동은 모두에게 억울한 눈물을 선물한 비극으로 끝이 났다.

 회사생활을 열심히 하다가 주위를 둘러보면 남들보다 빠르게 승진하는 분들을 만나게 된다. 갑자기 당신 위로 낙하산 공수부대처럼 해당 경험이 없는 처음 뵙는 분께서 당신보다 높은 직급으로 와계실 때도 있다. 이를 억울해하거나 자신의 신세를 한탄하면서 스스로 자괴감에 빠지면 회사생활이 힘들어진다. 이럴 때는 업무에 대한 뜨거운 열정은 잠시 접어두고 차가운 이성으로 현실을 받아들이면 마음이 편해진다. 아무리 열심히 일해도 이미 당신은 미천한 신분의 일개 직원으로 규정되어 있기 때문이고, 더 잘 알겠지만 당신의 회사는 당신 것이 절대 아니다. 내 부모님께서 사장님이 아니라서 속상하다고 원망하면 원망할수록 불효자만 될 뿐 다시 태어나는 것은 불가능하다.

세렝게티 초원에서 태어난 초식동물 가젤은 그 무리에서 열심히 잘하면 가젤 떼의 우두머리가 될 수 있다. 하지만 초원의 진짜 우두머리인 사자가 될 수는 없다. 반대로 사자는 태어날 때부터 사자이며, 약하다고 해서 가젤이 될 수는 없다. 가젤이 가젤임을 거부하고 사자인 척하면서 사자와 노닥거리는 순간 가젤 떼에서 심한 질투에 시달리다가 쫓겨나게 될 것이다. 그리고 건방죄가 성립되어 사자에게 더 처절하고 외롭게 잡아먹히게 될 것이다. 그래서 가젤들은 본능적으로 떼를 지어서 움직인다. 그것이 가젤들에겐 안전한 생명부지의 길이다. 자, 우리 가젤들은 현실을 빨리 받아들이고 더욱 빨리 떼를 지어서 집으로 가자.

8

나 사는 게 매운탕 같아

"매운탕, 이름 이상하지 않나? 아니 알이 들어가면 알탕이고 갈비가 들어가면 갈비탕인데 이건 그냥 매운탕, 탕인데 그냥 맵다, 그게 끝이잖아. 안에 뭐가 들어가도 다 매운탕. 맘에 안 들어."

"그냥 찌개를 시킬 걸 그랬나?"

"그냥, 나 사는 게 매운탕 같아서…… 안에 뭐가 들었는지 모르겠고…… 그냥 맵기만 하네."

영화 〈건축학개론〉의 한 장면처럼 친구와 나는 매운탕 집에서 소주를 마시고 있었다. 신입사원 시절에는 매운탕에 소주 같은 메뉴는 아저씨 같다며 먹지 않았는데 언제부터인가 그냥 매운탕처럼 평범한 메뉴에 소주가 편하다. 친구가 나에게 물었다.

"넌 회사 왜 다니니?"

"나? 그냥 돈 벌어 먹고살려고 다니지 이유 있니? 넌 뭐하고 싶어?"

"응? 난 세계일주."

"취준생 시절에는 회사 다니고 싶다고 징징거리더니 무슨 세계일주냐? 헛소리하지 말고 회사나 잘 다녀."

"회사원은 그냥 회사원이더라고. 그냥 똑같은 와이셔츠 입고 내 일이 아닌 회사일 하는 사람. 재미없어."

친구는 세계일주를 꿈꾸고 있었고, 나도 그 친구가 띄운 비행기에 어느새 몸을 실었다.

"그럼 세계일주는 언제부터 할 거야?"

"글쎄, 젊을 때 해야 하는데 지금은 회사 다니니깐 환갑쯤 되면 할 수 있을까?"

"야, 환갑 넘으면 아플 수도 있는데 무슨 세계일주냐?"

"근데 다행히 건강한 40살 정도에 회사에서 잘릴 것 같아. 얼마 안 남았으니깐 그럼 그때 하지 뭐."

"이 정신 나간 놈아! 그때 되면 애들도 있고 한창 돈 많이 들어갈 나이인데 뭐 먹고살게?"

"그래서 지금 열심히 회사 다니고 있잖아."

건조한 현실은 두 친구를 곧 이륙할 것 같던 비행기에서 끌어내려

매운탕집의 오래된 방석 위로 다시 돌려놨다. 어느새 나는 돈을 벌게 된 지 10년이 훌쩍 넘었고, 흰머리를 뽑는 일이 잦아졌다. 그동안 회사를 다니면서 월급을 받아서 연애도 했고, 결혼도 했으며, 아이도 갖게 되었다. 이제는 신입사원들에게 나랑 나이 차이 얼마 안 난다며 인싸처럼 걸그룹 이름과 최신가요를 시조마냥 읊조리면서도 어쩔 수 없이 나온 배 때문에 나도 모르게 바지를 치켜 올리며 소주를 마신다. '이 친구들은 정말 이 일을 잘 알고 하는 걸까?'라며 젊은 사람들을 점점 의심하게 되고, 반대로 '저 분은 얼마나 힘들게 저 자리까지 올라가셨을까?'라며 윗사람들에게는 알 수 없는 연민이 느껴진다. 그렇게 지극히 평범한 꼰대가 되어가는 요즘 회사일이나 살아가는 이야기나 모두 재미없는데 특별히 달리 할 이야깃거리도 없다. 이제는 지인들의 결혼 소식보다 익숙해져버린 부고 소식에 행복보다 슬픔에 점점 익숙해지고, 식솔이 생기니 뜨거운 열정보다 차가운 두려움이 더 많아진다.

아침에 일어나기 싫은 이유는 아침이라서 일어나기 싫은 게 아니라 일어나서 출근을 해야 하기 때문인 것 같다. 만약 일을 하지 않는다면 일어나기 싫은 한 가지 이유는 사라지겠지만 꼭 일어나야만 하는 한 가지 이유도 같이 사라지는 것이다. 그렇게 내가 아침에 일어나야 하는 이유가 한 가지씩 사라지는 것도 따지고 보니 두려운 일이다. 그래서 나 역시 싫다 싫다 하면서도 오늘도 아등바등 출근을 한다. '그럼 일어나서 회사 안 가고 놀면 되잖아?' 하고 혹자는 반문할 수 있다. 그러나 회사에 다니면 주말에 일어나서 놀 수는 있지만 회사를 안 다니면 주중에 일어나서 출근을 할 수 없다. 그렇게 보면 회사는 재미도 없고 개성도 없는 곳이지만 그냥 매운탕처럼 안에 뭐가 들어있는지 신경 안 쓰고 먹기에 나쁘지 않은 정도다.

"회사원, 이름 이상하지 않나? 아니 간호를 해주면 간호사고, 변호를 해주면 변호사인데 이건 그냥 회사원, 사람인데 그냥 회사에 있다. 그게 끝이잖아. 회사에서 무슨 일을 해도 다 회사원……. 맘에 안 들어."

"그냥 사업을 할 걸 그랬나?"

"그냥, 나 사는 게 회사원 같아서. 회사에서 뭐를 하는지 모르겠고. 그냥 회사만 다니네."

9

왜 먹지를 못하니?

열흘 동안 구내식당 밥만 먹었던 회사원 조씨는 치킨을 먹을 일이 생겨 아침부터 흥이 났다. 그동안 피곤과 가난으로 점심시간에 외식한 것은 월급이 들어온 25일 1만 원어치가 전부였다. 그런데 어제 점심시간 이후 만나는 사람마다 "회사 앞에 K치킨집 많이 다니나봐"라고 얘기하는 것이 아닌가.

"K치킨집 말씀입니까?"

회사원 조씨는 잠깐 주저하였다. 곰곰이 생각을 해보고는 얼마 전 K치킨집에서 치킨버거를 먹고 응모함에 명함을 넣었던 일이 생각났다. 무료로 치킨을 준다는 이벤트였다. 그날은 10월인데도 겨울날처럼 몹시 추웠다. 그래도 회사원의 쏠쏠한 재미인 점심시간에 뭔가 특이한 것을 먹고 싶었다. 그렇게 아무 기대 없이 명함을 넣고 응모했는데 치킨세트가 당첨되었으니 어찌 아니 좋을 수가 있으랴. 점심시간에 부리나케 달려가서 K치킨집에 처음 와본 촌놈마냥 인증샷도 찍어주고 치킨세트를 시켰는데 새삼스러운 염려가 회사원 조씨의 가슴을 눌렀다.

"치킨은 20분 정도 기다리셔야 됩니다."

점원의 말이 잉잉 그의 귀에 울렸다. 이윽고 점심시간이 얼마 남지 않자 조씨는 허기짐을 참지 못하고 회사질로 힘들게 번 돈으로 햄버거, 감자튀김, 비스킷을 사버렸다. 조씨는 몹시 화증을 내며 '패스트푸드가 패스트하지 않다'며 반항이나 하는 듯이 게걸거리며 햄버거를 먹었다. 공짜 치킨세트 얻어먹겠다고 같이 온 동료는 걱정되듯 조씨를 바라보며 "햄버거를 다 먹다니…… 치킨이 나오면 먹을 수 있을 텐가?"라고 주의시켰다.

"아따, 햄버거와 치킨 따위가 그리 끔찍하냐? 내 오늘 운수가 좋으니 다 먹을 수 있을 것이야! 괜찮다. 괜찮다. 아무리 막 먹어도 상관이 없어!"

점심시간을 10분 남기고 대기 진동벨 소리가 잉잉 테이블 위에서 울렸고, 그제야 무료 이벤트 치킨세트가 나왔다. 조씨는 이미 배가 많이 불러서 치킨냄새는 느끼했고, 점심시간이 이제 5분밖에 안 남아서 회사에 돌아가야 하는 상황까지 와버렸다. 이렇게 앞에 놓인

치킨을 보고 더 이상 먹기 힘든 상황을 알아보자마자

"이놈의 치킨, 왜 이제 나와서 나를 힘들게 하느냐, 응?"

하는 말끝엔 목이 메었다. 그리고 회사원 조씨의 눈에서 떨어진 닭의 똥 같은 눈물이 치킨의 뻣뻣한 퍽살을 어룽어룽 적시었다. 문득 조씨는 치킨을 한입 베어 물고는 점심시간이 끝났음을 알았고, 미친 듯이 제 얼굴을 치킨껍질에 비비대며 중얼거렸다.

"무료 치킨세트가 나왔는데 왜 먹지를 못하니, 왜 먹지를 못하니? 괴상하게도 오늘은 운수가 좋더니만……."

10

이놈이 사장님 죽이네!

"사장님! 인제 저……."

내가 이렇게 뒤통수를 긁고 나이가 찼으니 승진을 시켜줘야 하지 않겠느냐고 하면 대답이 늘

"이 자식아! 승진이구 뭐구 미처 자라야지!"

하고 만다. 이 자라야 한다는 것은 내가 아니라 내가 다니는 회사의 이익 말이다. 내가 여기에 와서 쥐꼬리 돈 받고 일하기를 삼 년 하고 꼬바기 일곱 달 동안을 했다. 그런데도 미처 못 자랐다니까 이 회사는 언제야 자라는 겐지 짜장 영문 모른다. 일을 좀 더 잘해야 한다든지, 혹은 밥을 많이 먹는다고 노상 걱정이니까 좀 덜 먹어야 한다든지 하면 나도 얼마든지 할 말이 많다. 허지만 회사가 더 자라야 한다는 여기에는 어쩔볼 수 없이 고만 빙빙하고 만다. 언젠가는

하도 갑갑해서 재무상태표를 보며 그 규모를 한번 재볼까 했다마는 대외비를 해야 한다고 해서 볼 수가 없다. 신문기사에서 언제나 회사 기사를 마주칠 적이면 겨우 눈어림으로 재보고 하는 것인데 그럴 적마다 나는 저만큼 가서

"제~미 키두!"

하고 변기에다 침을 퉤, 뱉는다.

"아이구 배야!"

난 결재를 받다 말고 배를 쓰다듬으면서 그대로 화장실로 기어올랐다. 그리고 겨드랑에 꼈던 결재판을 그냥 땅바닥에 털썩 떨어치며 나도 털썩 주저앉았다. 일이 암만 바빠도 나 배 아프면 고만이니까. 가운데서 사장님이 이상한 눈을 해가지고 한참을 날 노려보더니

"너 이 자식, 왜 또 이래 응?"

"배가 좀 아파서유!"

"이 자식아, 일 허다 말면 누굴 망해놀 속셈이냐, 이 대가릴 까놀 자식."

그러나 배가 계속 아파서 사날씩이나 끙끙 앓았더니 사장님은 울상이 되지 않았는가.

"얘, 이제 그만 일어나 일 좀 해라. 그래야 올 봄에 회사 잘되면 너 진급하지 않니."

그래 귀가 번쩍 띄어서 그날로 일어나서 남이 이틀 품들 일을 혼자 해놓으니까 사장님도 눈깔이 커다랗게 놀랐다. 그럼 정말로 봄에 와서 진급을 시켜줘야 원 경우가 옳지 않겠나. 그런데도 올 봄에 진급이 누락될 수 있다는 소식을 듣자 옆 부서의 김과장은 내 이런 사정을 어떻게 알았는지 대고 빈정거리는 것이 아닌가.

"밤낮 일만 해주구 있을 테냐?"

"최대리는 일 년을 하구도 진급해서 과장이 되었는데, 난 거의 사 년이나 일 하구두 진급이 안 되서 더 일해야 해."

"남의 일이라두 분하다 이 자식아, 우물에 가 빠져 죽어."

다음 날 팀장님께 이 상황을 토로하니 결재판을 내 앞에 내놓으며 제 말로 지껄이는 소리가

"진급하고 싶다고, 그걸 그렇게 기다리고만 있어서 쓰나."

하고 엊그제 만난 옆 부서의 김과장처럼 쫑알거린다. 딴은 내가 더 단단히 덤비지 않고 만 것이 좀 어리석었다, 속으로 그랬다. 나도 저쪽 벽을 향하여 외면하면서 내 말로

"안 된다는 걸 그럼 어떡헌담!"

하니까, 팀장님은

"사장님 쉼을 잡아채지 그냥 둬? 이 바보야!"

난 그날 밤 회식자리에서 만취해서 사장님을 원수로만 여겨서, 건

배 제의를 하려고 일어나 있는 사장님의 바짓가랑이를 잔뜩 잡아당겼다.

"아! 아! 이놈아! 놔라, 놔."

사장님은 헛손질을 하며 솔개미에 챈 닭의 소리를 연해 질렀다. 그래도 안 되니까

"얘 팀장아! 팀장아!"

이 악장에 화장실에 갔던 팀장님이 헐레벌떡하고 단숨에 뛰어나왔다. 나의 생각에 팀장님은 내 편을 들어서 속으로 고소해서 하겠지. 대체 이게 웬일인가. 사장님을 혼내주기는 팀장님이 내래놓고, 이제 와서는 나에게 달려들며

"에그머니! 이 망할 놈이 사장님 죽이네!"

그만 여기에 기운이 탁 꺾이어 나는 얼빠진 등신이 되고 말았다. 팀장님도 덤벼들어 내 한쪽 귀마저 뒤로 잡아채면서

"우리 사장님, 우리 존경하는 사장님. 저 못된 조과장."

하면서 우는 것이다. 이렇게 꼼짝도 못하게 해놓고 사장님은 구두주걱을 들어서 나를 사뭇 내려조졌다. 그러나 나는 구태여 피하려지도 않고 암만해도 그 속 알 수 없는 팀장님의 얼굴만 멀거니 들여다보았다.

"이 자식! 우리 사장님 입에서 우는 소리가 나오도록 해?"

회의도 보고도
어렵지 않아요

4장

1

불같은 상사 앞에서 평정심을 유지하는 방법

"도대체 왜 내 말을 안 듣는 거냐고!!! 쫴액!!!"

오늘도 책상을 두들기며 고래고래 소리치는 이사님의 고함소리가 집무실 방문과 사무실 파티션을 넘어 빌딩 한 층 전체를 사막의 모래먼지처럼 뒤덮었다. 폭풍 같은 이사님의 고함은 오랫동안 지속되었다. 얼마 뒤 팀장님은 모래먼지로 가득 찬 이사님 방문을 열고 나와 소매를 툭툭 터시고는 자리에 앉았다. 저 파티션 너머 '탁탁탁탁' 두들기는 팀장님의 키보드 소리가 폭풍이 떠난 고요한 사무실을 공포로 채웠다. 눈치를 보던 수많은 직원들에게 팀장님은 파티션 너머로 웃는 눈을 보여주시며 입을 열었다.

"허허허 다들 무슨 문제 있나? 저언혀~ 아무렇지 않습니다. 허허허. 다들 편하게 업무하세요."

직장에서 나에게 화내는 사람은 주로 고객이나 상사, 즉 나보다 주도권이나 권력을 많이 갖고 있는 사람들이다. 그들은 화를 내면서 본인이 열심히 일을 하고 있다고 생각한다. 또한 화를 내는 행동이 자신의 권한이자 올바르고 당연한 권리로 생각하기도 한다. 하지만 직장은 한정된 인간의 노동력을 투입해서 최대의 수익을 내야 하는 곳이므로 이러한 불필요하고 소모적인 감정들은 최대한 자제해야 한다. 업무에 대한 대화를 하다가 상대방이 업무를 넘어 '분노'라는 감정을 이입하기 시작한다면 나도 그때부터는 철저히 업무 외의 다른 생각을 해야 한다. 그래야 감정 소모가 덜하기 때문에 분노의 감정이 지나간 이후 다시 업무에 빨리 집중할 수 있다. 나아가 그러한 감정을 내가 또 다른 사람들에게 전파하는 최악의 2차 피해 상황을 피할 수 있다. 그래서 나는 언제부터인가 회사에서 누군가가 나에게 화를 내고 고함을 지르기 시작하면 '오늘 점심은 뭘 먹을까?' 혹은 '어제 축구가 참 재밌었지'와 같은 시시콜콜한 생각으로 머릿속을 채운다. 그러면 상대방의 고함소리는 어느 순간부터 '삐이이이~' 하는 이명소리처럼 바뀌고, 내 눈동자의 초점은 흐릿해지며 마음은 평온해진다.

회의실에서 한 사람이 여러 사람들을 대상으로 화를 내는 상황에서는 더욱 재밌게 대처할 수 있다. 분명 회의실에 있는 사람들 중 직급이 제일 높은 상사일 텐데, 회의실에서 누군가가 화를 내면 최대한 미안한 얼굴로 받아 적을 노트를 펴고 그분이 화를 내면서 하는 말을 그대로 적는다. 또 화내는 모습을 그림으로 그려 나중에 그분의 표정을 따라해보면 참 재밌다. 화를 자주 내는 사람일수록 특정 단어나 표정을 반복하는데 노트에 받아 적은 말을 읽어보면 그 특정 단어를 금방 파악할 수 있고, 그 특정 단어나 표정을 토대로 회식자리에서 그분의 성대모사를 하면 회의실에서 다 같이 마음 졸였던 모든 팀원들의 스트레스를 웃음으로 풀어줄 수 있다. 물론 그분이 없는 회식자리에서 활용해야 한다. 눈치 없이 그분께 걸렸다가는 나처럼 이직을 하게 될 수도 있기 때문이다.

　회사에서 나에게 누군가 화를 낼 때 가족이나 돈을 생각하면서 어쩔 수 없이 버티기 시작하면 누군가 던지는 화를 받아내야 돈을 벌 수 있다는 생각이 들어 내 자신이 너무 비참해진다. 특히 '화'는 '행복'보다 다른 사람에게 전이되는 속도가 빠르다. 그래서 내가 중간에 화를 끊어주지 않으면 우리 팀원 모두가 불행해진다. 난 오늘도 회사에서 '오늘 점심을 뭐 먹을지'와 '어제 본 축구'에 대해서 한두 시간씩은 정기적으로 생각하는 시간을 갖는다.

2

대표님께 불만을 솔직하게 이야기한다면

"우리 회사가 개선해야 할 점에 대해서 솔직하고 가감 없이 이야기해주게."

대표님이 운을 떼셨다. 윗사람들 눈치 보지 말고 편하게 말하라며 똑같은 직급의 직원들만 모두 모아놓고 대표님과 대화를 나누는 자리였다. 우리는 긴장했다. 누가 먼저 이야기를 해야 할지 서로 눈치를 보자 대표님은 웃으며 말씀하셨다.

"난 여러분이 회사의 허리라고 생각하네. 허리가 없으면 몸이 지탱이 안 되지. 그래서 여기 모인 당신들이 우리 회사에서 제일 중요한 사람들이야. 그렇게 소중한 여러분 모두의 솔직한 의견을 듣고 싶으니 내 왼쪽부터 순서대로 이야기해보게나. 허허허허. 전혀 부담 안 가져도 되니 편하게 이야기해주게나."

나는 대표님 오른쪽 부근에 앉아있었다. 다행히 생각할 시간도 벌고, 남들이 먼저 이야기할수록 벤치마킹 사례도 늘어남에 안도하고 있었다. '허리라서 중요하면 머리나 팔다리는 별로 안 중요한가?' 혼자 생각하면서 마음속으로 키득거리는 사이에 첫 도전자가 호기롭게 입을 열었다.

"우리 회사도 탄력근무제가 필요할 것 같습니다. 저희와 같은 중간 직급은 아직 집에 있는 아이들이 어리기 때문에 육아에 시간도 많이 필요하고, 출근 전에 어린이집에 데려다주기도 힘이 듭니다."
긴 이야기를 경청하신 대표님은 본인도 공감한다는 듯 고개를 끄덕이며 말씀하셨다.
"그럼 우리 회사와 유사한 업종과 유사한 인원의 회사 중 탄력근무제를 하는 회사를 찾아보게. 그리고 그 회사들의 탄력근무제 실행으로 인한 결과와 장단점을 분석해서 나에게 직접 보고하도록 하게. 다음."

두 번째 도전자가 나타났다.
"주니어 직급들을 위한 공통의 매뉴얼이 정비되어야 할 것 같습니다. 사원, 대리 직급의 이직이 잦은 상황에서 과장 이상의 직급이 실무도 진행하면서 신사업에 대해서 검토하는 데에는 한계점이 있습니다. 주니어 직급이 바로 실무에 투입되어야 회사가 발전할 수 있다고 생각합니다."

"옳지! 나도 그 필요성을 절실히 느끼고 있었네! 말 아주 잘했네. 오늘부터 하과장이 대표로 주니어들을 위한 업무 매뉴얼을 만들어서 보고해주게나. 다음."

세 번째 도전자부터는 지금 이 상황이 무언가 잘못되어가고 있음을 직감한 듯했다. 조금이라도 불편을 줄이기 위해서 입을 열면 백배는 더 불편해지는 상황이 생기고 있었다. 기존과 별반 다를 바 없는 대화들이 주로 오갔고, 모든 과장들은 말 한마디에 대한 선물로 업무 보따리를 한 움큼씩 받았다.

이윽고 내 바로 앞 도전자의 순서가 왔다.

"저는 회사의 인사평가와 이에 따르는 성과 보상 체계가 개선되어야 한다고 생각합니다."

이번 도전자는 머리가 좋았다. 그리고 날카로웠다. 난 '일반 직종에 있는 직원이 다른 회사의 인사와 성과 보상 시스템을 조사하긴 힘들겠지'라고 생각하며 대표님의 답변을 기대했다.

"장과장은 그럼 상사의 평가에 불만이 있었나보군. 어디보자…… 당신 본부장이 최전무 쪽 맞지? 왜 최전무는 이런 이야기가 나오게 하는 거지? 잠시 기다려보게."

대표님은 안주머니에서 휴대폰을 꺼내시더니 어디론가 전화를 걸고는 말씀하셨다.

"여보세요. 응. 그래. 인사팀장. 당신이랑 최전무, 세 시까지 내 방으로 들어오게."

그러고는 전화를 끊고 나서 휴대폰을 테이블에 탁 하고 두시더니 다시 장과장을 보고 말씀하셨다.

"자, 장과장. 이제 하던 말 계속 해보게나."

예상치도 못했던 이런 전개는 상당히 위험했다. 살얼음판을 걷는 듯한 분위기다. 더욱 큰 문제는 질문이 다음 사람으로 넘어가지 않고 대표님이 꼬리에 꼬리를 물어가며 질문을 하기 시작했다는 것이다. 멀리서 보면 팝콘을 먹으면서 볼 수 있을 정도의 희극이었지만, 바로 다음 순서로 가장 가까이 있는 나에게는 엄청난 비극이었다. 난 무슨 말을 해야 할지 긴장이 되어 연신 손톱을 뜯고 있었다. 대표님의 날카로운 공격과 신상털기에 내 앞의 장과장은 울먹이는 것 같았다. 대표님은 더욱 살기 가득한 눈으로 조용히 날 바라보시며 입을 여셨다.

"다음 조과장은 하고 싶은 말이 뭐야?"

"아…… 저는……."

나를 포함한 그 누구에게도 피해가 가지 않으면서도 나에게 일도 떨어지지 않는 아무 말이라도 해야 했다. 불만이 없다고 하면 내 앞 사람들이 모두 죄인이 될 테고, 불만이 있다고 하면 대역죄인이 되어 능지처참을 당할 것 같았다. 난 가까스로 떨리는 목소리로 대답했다.

"저저저저저는 회사 주변의 식당이 부족하다고 생각합니다. 그그 그그그리고 저녁 야근식대도 8천 원인데 이러면 칼국수집에서 칼 국수만 먹고 제가 먹고 싶은 만두를 시켜 먹을 수가 없습니다!"

내가 생각해도 세상에서 제일 한심한 건의사항이었다. 직장생활 10년이 넘은 과장이나 된 놈이 모두 모여 있는 공식석상에서 대표 님께 한다는 말이 만두나 한 접시 더 먹게 해달라고 건의하다니. 나 는 너무 부끄러워서 쥐구멍을 찾고 있었지만 수많은 고양이들의 눈 빛만 보일 뿐이었다. 대표님은 그동안 인생을 사시면서 본 사람 중 내가 제일 한심하다는 듯이 "하우" 하고 크게 한숨을 쉬시면서 대 답하셨다.

"앞으로 조과장은 칼국수집 가서 만두 실컷 시켜 드세요. 다음."

대표님의 "시켜 드세요"의 '요'는 꼬리가 길고 베베 꼬아졌다. 대 화가 끝나고 회의실에서 나오면서 사람들은 날 비웃었다.

"과장이나 돼서 대표님께 한다는 말이 만두가 뭐냐. 내가 다 쪽팔 린다."

몇 달이 지나 모두의 건의사항은 파도가 휩쓸고 간 모래사장의 낙 서들처럼 자연스럽게 잊혔다. 예상했던 대로 가장 긴 대화를 했던, 성과에 불만이 많았던 장과장은 퇴사를 했다. 그리고 난 이제 칼국 수집에서 만두를 편하게 실컷 시켜 먹는다.

3

회사 돈을 쓰는 사람들의 두 가지 유형

"자네는 회사 돈이 누구 돈이라고 생각하고 쓰나?"

결재를 하시던 상무님이 갑자기 물어보셨다.

"회사 돈은 당연히 회사 돈이라고 생각하고 씁니다."

그러자 상무님이 불같이 화를 내며 말씀하셨다.

"그러니깐 아무데나 대충 막 쓰는 것 아니야? 당신 돈이라고 생각하고 아껴 쓰라고!"

상무님은 본인의 호통이 꽤나 마음에 드셨는지 입꼬리를 살짝 올리고 흡족해하며 죽죽 결재를 하신다. 결재가 끝날 때쯤 나는 조심스럽게 입을 열었다.

"상무님, 그런데 저는 회사 돈이라서 아껴 쓰는데요."

"자네 돈이 아니라 회사 돈이라고 생각하면 남의 돈이니까 막 쓰게 되지 왜 아껴 쓰나?"

"오히려 반대죠. 남의 돈인데 어떻게 막 씁니까?"

"그럼 자네는 자네 돈을 막 쓰나?"

"제 돈이면 제가 쓰고 싶은 곳에 마음 편하게 쓰죠. 그런데 회사 돈은 제 돈이 아니니깐 한 푼을 써도 불편합니다. 회사 돈을 제 돈처럼 쓰면 횡령이죠."

대화가 계속되자 결국 상무님은 결재판의 사인 위에 삭선을 다시 좍좍 그어버리시며 소리를 치셨다.

"진짜 말이 안 통하는 친구고만! 아니 그러니깐 내 말은……."

상무님의 입버릇인 "아니 그러니깐 내 말은"으로 이어지는 후렴이 시작되면 더 이상 대화를 진행해서는 안 된다. 그때부터는 말이 말의 꼬리를 물고 돌고 돌아서 돌아버리기 때문이다. 아무리 옳은 말이라도 그 후렴구 이후에는 뫼비우스의 띠 같은 무한루프가 시작된다.

회사생활을 하다 보면 회사 돈을 자신의 돈처럼 쓰는 두 가지 부류의 사람들을 만난다. 첫째는 회사 돈을 내 돈처럼 편하게 쓰는 사람들이다. 그들은 법인카드로 마트에 가서 자기 집에서 먹을 반찬거리도 사고 업무와 전혀 연관성이 없는 친구들과 술도 편하게 마신다. 접대비를 이용한 축의금 명목으로 일주일에 20만 원씩 꼬박꼬박 현금으로 챙겨가고, 여기저기 축하 난초를 보내서 성공한 친구가 많은 것처럼 으스대는 것을 즐긴다. 이렇게 행동하는 자들의 마음속 저변에는 본인이 곧 회사라고 생각하는 경향이 있다. 본인을 위한 것이 회사를 위한 것이며, 회사의 발전에 이바지하는 본인을 위해 회사도 당연히 이 정도는 해야 한다고 착각한다.

그러나 회사의 그 누구도 그들에게 그렇게 회사 돈을 쓰라고 승인한 적은 없다. 순전히 혼자만의 착각인 것이다. 이렇게 행동할 수 있는 것은 누군가에게 걸리지 않았거나 걸리더라도 그렇게 돈을 쓰는 사람의 직급이 주변 사람들보다 높아서 딱히 그 사람을 제지할 수 없는 상황에서다. 이렇게 착각은 오해를 낳고, 오해는 곧 불신이 된다.

두 번째는 회사 돈을 내 돈처럼 생각해서 아예 돈을 안 쓰는 사람들이다. 그들은 회식을 하자고 팀원들을 집에 못 가게 해놓고는 회식비를 팀원들에게 나눠 내도록 한다. 그러면서 자기가 먹은 것만 법인카드로 결재하는 멋진 모습을 보여주기도 한다. 업무상 구매하는 제품은 무조건 최저가를 좋아하고, 모든 것에 대해서 원가를 따진다. 예를 들어 거래처가 제시한 제품의 가격이 있다면 그 제품의 최초 원가를 따지면서 결국 최대한 그 원가에 맞춰 가격을 깎는다. 중간에 들어간 거래처의 노력과 시간의 가치는 고려대상이 아니다.

그런데 이렇게 제품을 구매할 때마다 최저가와 원가를 따진다면 그 회사에 공급되는 제품의 품질은 계속 하락하며, 안정적인 거래처는 모두 사라지게 될 것이다. 또한 물품을 구매할 때마다 새로운 업체와 최저가를 따져야 하므로 회사의 인력과 시간이 낭비되는 연쇄적인 역효과까지 나온다. 가장 곤란한 상황은 이러한 사고방식을 가지고 있는 사람들이 컨설팅과 같은 지식, 경험 서비스를 제공받았을 때다. 무형상품은 공산품과 달리 제조원가가 없고 다른 상품과 비교가 불가능하기 때문에 그들은 있는 힘껏 계속 가격을 깎고, 결국 지식공급자는 엉망으로 만들어진 컨설팅 결과를 준다. 이러한 결과를 받게 되면 결국 본인이 가격을 깎은 것은 생각하지도 않고 업체가 실력이 없었다고 욕하며, 이러한 업체에게 돈을 조금 주어서 본인은 회사 돈을 아꼈으니 잘한 것이라며 뿌듯해한다.

회사 돈을 쉽게 쓰는 첫 번째 부류는 한 개인의 낭비다. 한 명이 쓰는 돈은 회사 입장에서는 생각보다 큰돈이 아니다. 그리고 발각되기도 쉽기 때문에 회사의 손실은 단편적이다. 이에 비해 두 번째 부류의 사람들이 돈을 아끼는 행동은 회사의 이익처럼 보인다. 또한 이것이 본인의 역할이라고 생각하기 때문에 발각이 쉽지 않다. 실제로 두 번째 부류의 사람은 첫 번째 부류의 사람보다 더욱 위험한 결과를 낳을 수 있는 시한폭탄과 같은 존재다. 그들로 인하여 회사는 안정적인 거래처를 잃게 되며, 회사에 충성하던 직원들은 작은 돈으로 사람을 갈아치우는 행동을 보여주는 그 사람 때문에 회사에 대한 신뢰를 잃고 떠나게 된다.

첫 번째 부류는 본인만 나가면 문제가 해결이 된다. 하지만 두 번째 부류는 그의 주위 직원들과 거래처가 모두 다 나가떨어지고 결국 그 사람만 충신처럼 남게 되는 경우가 많아서 문제 해결이 어렵다. 이것은 회사의 장기적이고 종합적인 손실이다. 회사 돈은 업무의 목적에 맞게, 필요한 시점에 맞게, 예산의 범위에 맞게 회사 돈처럼 써야 한다. 목적, 시점, 범위 이 삼박자가 맞는 상황에서 회사 돈을 쓴다면 그것은 비용이 아닌 투자로, 결국 이익으로 돌아올 것이다. 어떻게든 쥐어짜서 뭐든 싸게 하려고 고민하는 시간에 차라리 이익을 더 내기 위한 시간을 투자하면 모두가 행복하다.

4

상사의 호통에 지속적으로 시달릴 때

"이사님은 제가 보고만 하면 꼭 한 시간은 붙잡고 혼내요."

대리 시절 항상 혼내기만 하던 이사님이 계셨다. 작은 일이든 큰 일이든 내가 하는 모든 것에 불편해하셨다. 이사님이 시키는 대로 하면

"당신 이렇게 창의성 없이 시키는 대로만 해서 되겠어?"

라고 불편해하셨고, 이사님이 시킨 것보다 더 하면

"당신은 왜 내가 시킨 대로 안 하는 거야?"

라고 역정을 내셨다. 그래서 이사님이 시킨 것보다 덜 하면

"당신은 내가 시킨 것도 못하나? 도대체 잘하는 게 뭐야?"

라며 펜싱선수가 두부를 찌르듯이 요리조리 쿡쿡 찔러댔다. 이사님은 이래도 싫고 저래도 싫은 프로불편러였다. 매일 매일이 너무 힘

들었다. 지속적인 악플에 자살을 하는 연예인들의 마음이 이해가 되기 시작했다. 내 상황이 마치 악플러에게 시달리는 연예인과 비슷했기 때문이다. 악플러는 연예인이 무엇을 하든지 욕을 한다. 어려운 사람을 도우면 가식이라고 욕하고, 가만히 있으면 이기적이라고 욕한다. 예능에서 웃기려고 하면 관심충이라고 욕하고, 진지하면 재미없는데 왜 자꾸 방송에 나오느냐고 욕한다. 회사에서 내가 하는 행동의 결과 하나하나가 마치 프로불편러의 악플처럼 날 힘들게 했다.

"차장님, 너무 힘들어요. 진짜 연예인들이 왜 악플 때문에 자살하나 싶었는데 이젠 그 마음을 알 것 같아요."

결국 탕비실에서 내 사수인 차장님에게 면담을 요청하고 고민을 이야기했다. 가만히 커피를 타던 차장님은 아무렇지 않다는 듯이 말했다.

"조대리야, 연예인들은 24시간 쉴 새 없이 인터넷으로 욕을 먹는데도 살아. 그것도 생판 얼굴도 모르는 사람한테 욕먹지. 아마 욕하는 사람 중엔 초등학생들도 있을 걸?"

차장님은 커피를 휘휘 젓던 노란색 커피믹스 봉지를 종이컵에서 꺼내 쪽 빨고는 쓰레기통에 휙 던지더니 계속 말했다.

"당신의 24시간 중 욕먹는 시간이 몇 분이나 되겠니? 아마 아무리 길어도 한 시간도 안 될 걸? 그렇게 욕먹는 걸로 시급 따지면 당신이 어지간한 연예인보단 시급 높을 걸? 그리고 초등학생들한테 욕 먹는 것보단 너보다 나이도 많고 직급도 높은 이사님께 욕먹는 것이 훨씬 낫지 않아?"

차장님은 무덤덤하게 말씀하시고는 커피를 들고 나가셨다. 난 탕비실에 혼자 앉아서 마음을 다잡고 악플러 대처법을 찾아보았다. 악성댓글에 대처하는 가장 좋은 방법은 소송이나 신고가 아닌 '바로 삭제'라고 써놓은 글을 읽었다. 일례로 악성댓글로 고생하던 연예인이 실제 악성댓글을 쓴 사람을 잡고 보니 그는 자신이 어떠한 댓글을 달았는지 기억조차 못했고, 따라서 댓글이 지워졌어도 모른다는 것이었다. 혹시 회사에 당신을 향한 악플러가 있다면 그 악플에 신경 쓰지 말고 내 마음속의 삭제버튼을 누르자. '나'라는 인생 뉴스의 주인공은 '나'이고, 다행히 삭제 권한을 갖고 있는 편집장도 '나'다.

5

회의시간에 열리는 재롱잔치

"김과장! 자네 지금 코피 나는 것 아니야?"

무거운 월요일 아침 회의시간, 오늘따라 유난히도 하얀 과장님의 보고서에 시뻘건 코피가 뚝, 뚝, 뚜욱 떨어졌다. 떨어지는 코피 사이로 보이는 팀장님의 눈망울이 과장님을 향한 사랑의 눈빛으로 아롱거렸다. 과장님은 아무렇지 않다는 듯 보고서에 흘린 코피를 주욱 닦으면서 말했다.

"괜찮습니다. 제가 조금 더 자기관리에 신경 썼어야 하는데, 주말에도 계속 출근을 하다 보니 피곤했나 봅니다."

보고서에 한줄기 동양난처럼 길게 흘겨진 빠알간 코피 사이로 아름다운 웃음꽃이 피었고, 머지않아 과장님은 차장으로 승진을 했다. 나는 그날 전쟁터 같은 회의실에서 승리하는 파는 '신파', 승진행 고속열차 티켓은 '동정표'라는 진리를 눈으로 보았다.

  나는 그 배움을 토대로 회의시간에 코피를 흘리고자 부단히 노력했다. 그러나 억울하게도 코피는 지난주에 구입한 로또처럼 다른 사람들한테는 쉽게 터져도 나에게서는 터져주지 않았다. 매주 열심히 사무실에 앉아 시간만 죽쳐서 그런지 도리어 배에 살만 찌고 얼굴에는 기름기가 흘러넘쳤다. 더욱이 이제 과장님 승진 때와 같은 방법은 팀장님께 통하지 않았다. 나는 코피는 레드오션임을 직감하고 동정표를 얻을 수 있는 다른 방법을 지속적으로 연구했다. 그래서 퇴근시간이 되면 검은색 섀도우를 눈 밑에 얇게 발랐다. 마치 지금 죽어나가도 이상하지 않을 정도로 보이는 다크서클이 내 눈 밑에 자리 잡고 있었다. 누가 보아도 '저는 매일 이렇게 회사에서 제 한 몸을 불태운답니다'라고 읽을 수 있을 정도의 색감이었다. 그러나 어느 날 회식자리에서 만취가 된 동료의 분탕질에 이마저도 팀장님께 탄로 나게 되었다. 결국 난 기나긴 암흑의 세월을 겪게 되었다.

  회사의 구성원들을 한 명 한 명 살펴보면 업무능력을 제외한 본인만의 노하우로 오랫동안 살아남는 사람이 참으로 많다. 이간질, 과잉충성, 갑질, 그리고 남을 밟아서 나를 돋보이기 등 지금 생각해보면 다른 사람들에게 큰 피해 없이 상사의 동정심만을 자극하는 코피 흘리기는 귀여운 케이스였다. 그런데 회사생활을 해보니 코피 흘리기 같은 방법으로 본인의 자리를 지키는 사람일수록 스스로 과제를 처리할 수 있는 업무능력은 거의 없었다. 본인이 할 수 있는 것은 코피가 나는 것밖에 없는데 매일 코피가 날 순 없으니 결국 다른 사람들을 괴롭히는 것이다.

회사는 상사에게 잘 보이려고 모인 어린이들의 재롱잔치 무대가 아니다. 어떻게 잘 보일까 고민하는 시간에 자기가 맡은 업무만 잘하면 남에게 피해도 안 끼치고 본인 스스로의 자존감도 높아지며 자연스럽게 상사에게 잘 보이게 될 것이다. 주임은 주임답게, 대리는 대리답게, 과장은 과장답게, 부장은 부장답게 자신이 맡은 역할을 잘하고, 대표님은 부하직원들을 대할 때 아첨하는 무리를 멀리할수록 회사는 건실해지고 구성원들은 행복해질 것이니라.

6

회의시간에 딴생각하면서
핸드폰을 만지작거린 자의 최후

"진짜 팀장님 왜 또 저러시냐? 너무하시는 것 아니야?"

회의시간에 차장님을 엄청 혼내는 팀장님을 보다 못해 핸드폰을 몰래 열고 동료에게 카톡을 보냈다. 평소에 시원하게 욕을 곧잘 하는 동료라서 이번에도 답장으로 팀장님 욕을 해주려니 했는데 이상하게 아무런 답장이 없었다. '이 녀석도 이번에는 많이 쫄았나보네' 하며 다시 핸드폰을 보는 순간, 발끝이 저리면서 심장이 미친 듯이 뛰기 시작했다. 바보같이 팀장님께 카톡을 보냈던 것이다. 당시에 카톡은 삭제 기능이 없었다. 회의가 끝날 때까지 내가 보낸 카톡 메시지의 1은 사라지지 않았고, 회의시간은 내 발을 지옥불에 담가놓은 것처럼 타오르는 듯한 고통을 주면서 참 느리게도 흘러갔다. 회의가 끝나자 팀장님이 화장실을 가신 틈을 타 난 재빨리 팀장님 자리로 뛰어갔다. 다행히 팀장님 핸드폰이 책상 위에 놓여 있었다.

 카톡의 1이 사라지기 전에! 그리고 팀장님이 돌아오시기 전에! 팀장님이 내 카톡을 읽기 전에! 팀장님 핸드폰을 열고 내가 보낸 카톡을 지워야만 했다. 그러나 불행히도 팀장님 핸드폰은 잠겨 있었다. 그 몇 초 동안 내 머릿속에는 수많은 생각이 스쳐지나갔다. '저 핸드폰을 부셔버릴까? 커피를 쏟아버릴까? 방수되면 어떡하지? 아 그냥 다시 부술까? 창문 밖으로 던질까? 아니 그건 너무 티가 나니깐 의자 다리로 핸드폰을 찍어서 부술까?' 도저히 생각이 정리가 안 되고 어쩔 줄을 몰랐던 나는 에라 모르겠다는 마음으로 팀장님이 나타나기 전에 아래층 화장실로 도망갔다. 변기 위에 앉아서 고민하다가 팀장님께 카톡을 보냈다.

"죄송합니다. 제가 실수를 했습니다. 정말 죄송합니다."

 한참 뒤에 팀장님 카톡 대화창의 1은 사라졌지만 난 자리에 돌아갈 수 없었다. 물론 팀장님은 나에게 어떠한 답장도 보내지 않으셨다. 그렇게 화장실에서 한 시간이 지났다. 너무 목이 말랐던 나는 동료에게 물 한잔만 화장실에 가져다 달라고 부탁했다. 그리고 엉겁결에 화장실에 종이컵을 들고 나타난 동료에게 사정을 털어놓았다.

"푸하하하, 심각한 건 알겠는데 너무너무 웃기다."

 동료는 한참 배를 잡고 웃더니 말했다.

"근데 너 언제까지 화장실에서 살 거냐? 빨리 나와서 사죄해."

숨죽이고 돌아가 아무도 모르게 자리에 앉았다. 곧 팀장님의 카톡이 왔다.

"조대리, 어디 갔어?"

난 그제야 파티션 위로 머리를 스르르 내밀고는 "팀장님 저 자리에 있습니다"라고 대답했다.

팀장님은 조용히 말씀하셨다.

"우리 커피 한잔할까?"

이것은 마치 그동안 아무것도 모른 채 풀만 먹고 일만 하며 살아온 맑은 눈망울을 가진 소에게 이제 그만 당신은 스테이크가 되어야 하니 도살장으로 가자는 소리와 같았다. 얼마 뒤, 적막과 함께 내 눈앞에 놓인 유난히도 새까만 아메리카노는 마치 사약처럼 보였다. 아니 그냥 사약이어서 이걸 마시고 이 상황이 어서 끝나버리기를 바랐다. 온갖 상상이 지나가자 팀장님은 다짜고짜 내 안부를 물어보셨다.

"너 제정신이냐?"

"죄송합니다. 죄송합니다."

팀장님은 계속 내 정신상태의 안부를 물어보셨다. 난 울 것 같은 표정으로 계속 죄송하다고 답변하면서 바닥만 보고 있었다. 그때 커피숍을 지나가던 옆 팀의 팀장님이 심각해 보이는 이 광경을 목격하시고는 팀장님께 왜 그러는지 자초지종을 물으셨다. 상황 설명을 다 들은 옆 팀 팀장님은 내가 팀장님께 보낸 카톡을 보시고는

"김 팀장, 얘 그래도 남들한테 팀장 얘기할 때 상욕 안 하고 존댓말하네. 그 정도면 됐지 뭘 그러냐? 원래 없을 땐 나라님도 욕하는 거야."

하시더니 쿨내를 진동하며 사라지셨다. 옆 팀 팀장님 덕분에 팀장님은 조금 화를 푸셨다.

"올라가서 일이나 해, 임마!"

라며 날 지옥에서 풀어주셨다.

그날 이후 난 이메일, 사내 메신저, 카톡 같은 전자문서로는 절대 다른 사람 이야기를 하지 않는다. 그리고 회의시간에는 실수할 확률이 더 높기 때문에 아무리 지루하고 힘들어도 카톡 같은 딴짓을 하지 않는다. 또한 언제 어떻게든 다른 사람 귀에 들어갈 수 있기 때문에 화장실이나 탕비실, 심지어 회사 근처에서도 다른 사람 이야기를 하지 않으려고 노력한다. 그럼 회사에서 답답하거나 화가 날 때 어떻게 푸느냐고? 이면지를 꺼내서 나만 볼 수 있을 정도로 작은 여러 가지 글씨와 그림을 조용히 써내려간다. 그리고 퇴근할 때 나가면서 아무도 보지 못하게 파쇄기에 넣어 갈아버린다. 어느 날 사무실에서 내가 조용히 이면지에 뭘 쓰고 있거나 이상한 그림을 그리고 있다면 그건 굉장히 화가 나 있는 상태다. 파쇄기에 갈아버리기 전까지 절대 내 이면지를 보지 말지어다.

7

사내 정치판에서 무소속을 유지하는 방법

"자네는 정치외교학과를 나왔으니 회사에서도 정치를 잘하겠구만?"

경력직으로 이직하려고 면접을 보던 중 면접관이 심각한 눈빛으로 나에게 물었다.

"정치 못해서 회사 다니고 있습니다. 정치를 잘했으면 국회의원 하고 있겠죠."

내 답변에 면접관은 당황했고, 나는 실수했음을 직감했다.

'아 젠장, 그냥 정치 같은 것 안 한다고 할걸.'

회사에는 수많은 라인이 존재한다. 1차 라인은 학연, 지연, 혈연으로 묶인다. 그다음에 2차 라인은 '쟤는 어디 무슨 출신이야'라는 최초부터 근본이 없는 호주제도가 추가된다. 나는 대한민국의 한

산부인과에서 태어났고, 그것은 변하지 않는 사실이다. 그런데 어떤 사람들은 나를 인사팀 출신이라고 불렀고, 어떤 사람들은 무슨 부대 출신이라고 불렀다. 그리고 또 어떤 사람들은 나를 어느 지역의 어느 학교 무슨 학과 출신이라고 불렀다. 도대체 난 한 번 태어났는데 내 출신지는 왜 이렇게 많은지 알 수가 없다. 3차 라인은 제일 민감할 수 있는 종교, 정치 성향으로 구성되며, 마지막으로 회사에서 인정받는 정도까지 서로 확인하면 그 라인은 상당히 탄탄해진다.

비슷한 사람들끼리 라인이 구성되면 그중에서 가장 잘나가는 임원이 대표가 되어 우리 라인 잘될 수 있도록 호소하고, 다른 라인은 안될 수 있도록 읍소한다. 그런데 사내정치는 민주주의 사회의 정치와는 다르다. 모두가 한 표씩 투표를 해서 대표를 뽑는 상향식 구성이 아니다. 이와 반대로 권력에 추종하고 복종할수록 눈에 잘 띌 수 있는 하향식 구성이다. 때문에 상사가 어떠한 행동을 할 때마다 그 행동이 좋든 그렇지 않든 그 라인에서 배제되지 않기 위해서 노력한다. 엄청난 용기가 있는 부하직원이 아닌 이상 본인 라인의 정점에 있는 상사의 의견과 반대되는 의견을 말하는 것은 아무래도 껄끄럽다.

사내정치는 서로의 의견을 모아서 회사를 발전시키기 위한 수단이라기보다 그 라인의 정점인 상사와 생각이 다른 사람을 배척해서 직원을 효율적으로 통제하기 위한 수단이다. 그러므로 사내정치는 아랫사람들에게 하지 말라고 해서 사라지는 것이 아니라 윗사람들부터 하지 않아야 사라질 수 있다.

오늘도 회사에서는 수많은 사람들이 라인과 정당을 만들어 나를 영입하기 위해서 질문을 던진다. 난 그때마다 아래와 같이 비슷하게 대응한다.

"자네 고향이 어디인가?"

"아버지는 고향이 충청도지만 지금 전라도에 계시고, 어머니는 고향이 강원도지만 서울에서 자라셨습니다. 처가는 어린 시절에는 경상도였지만 지금은 경기도에 사시며, 외가는 이북에서 오셨습네다. 그리고 저는 나중에 꼭 제주도에 살아보고 싶습니다."

"자네는 어디 학교 출신인가?"

"제가 변변찮은 대학을 나와서요. 앗 죄송합니다. 갑자기 급한 전화가 왔습니다. 여보세요?"

"자네 종교는 무엇인가?"

"대학 다니던 시절 친구들과 함께 교회를 잠시 다녔습니다. 그런데 저희 어머니가 천주교인이셔서 어렸을 때 성당에서 세례랑 성체는 받았고, 군시절 법당에서 받은 법명도 있습니다."

"자네는 이번에 무슨 당 찍을 거야"

"저도 잘 모르겠습니당? 헤헤. 죄송합니당? 헤헤헤. 갑자기 급한 전화가 왔습니당? 헤헤헤헤.”

　난 오늘도 회사에서 하여튼 근본도 없는 이상한 놈이라는 칭찬을 들었다. 회사와 개인의 발전을 위해서 참 다행이다.

8

본인은 책임질 수 없다는 상사를 만났을 때

"이거 잘못되면 당신이 책임질 거야? 난 결재 못 해!"

"상무님, 이거 그렇게 심각한 결재는 아닌데……."

"이거 때문에 나 짤리면 당신이 책임질 꺼냐고? 난 모르겠으니까 당신이 알아서 해."

두 날개로 허공을 날아다니는 평화의 상징인 하얀 비둘기 한 마리처럼 하얀 종이에 출력된 품의서가 펄럭이며 허공을 날아다니고 있었다. 가장으로 살면서 나와 내 가족의 삶을 책임지는 것도 버거운데 상무님과 그분의 가족 삶까지 책임지라는 말씀은 상상만 해도 너무 괴로웠다. 펄럭이는 품의서가 바닥에 살포시 내려앉을 때까지의 시간이 마치 슬로비디오를 촬영하는 것처럼 느리게 흘러갔고, 내 귀에서는 한숨소리가 계속 맴돌았다.

한자리에 오래 앉아있으면서 그 안의 삶만 아는 사람일수록 두려운 것이 많다. 직위가 높고 잃을 것이 많아질수록 결정에 대한 책임을 회피하고 싶어 한다. 물론 당신이 알아서 하라고 상사가 집어던진 일의 결과가 좋은 경우 그 상사는 갑자기 본인이 일을 다 한 책임자로 돌변하게 된다. 그러나 아쉽게도 회사에서 이렇게 드라마틱한 결과는 자주 일어나지 않는다. 그리고 그 상사는 이러한 회사의 섭리를 경험적으로 잘 알고 있다.

해결책은 다음과 같다. 첫 단계는 상사에게 해당 업무에 대한 실패의 리스크와 성공의 대가를 하나하나 나열해서 선택하게 하는 방법이다. 이것은 마치 연애를 할 때 "뭐 먹을까?"라고 질문하는 것이 아니라 "돈까스, 김치찌개, 파스타 중 뭐 먹을까?"라고 질문해서 메뉴 선택을 수월하게 해주는 것과 비슷하다. 객관식 문제가 주관식보다 답을 내기 쉽기 때문이다. 대부분의 상사라면 이 과정에서 선택을 한다. 그러나 식사에 대한 의지, 즉 업무에 대한 의지가 아예 없다면 실패다. 그럼 두 번째 단계로 넘어간다.

두 번째는 상사를 적당히 안심시키는 방법이다.

"상무님, 걱정하지 마세요. 제가 책임집니다. 제가 기안자인데 왜 상무님이 다 책임지려 하세요? 우리 상무님은 너무 책임감이 크십니다. 역시 제가 존경할 만한 분이십니다."

라는 미사여구와 함께 이 일은 잘못될 확률이 적으며, 만약 잘못되더라도 내가 잘릴 것임을 간지럽게 어필한다. 그렇게 말해도 되는 이유는 회사는 엄청난 사고가 아니고서야 쉽게 사람을 해고할 수 없기 때문이다. 그리고 현실적으로 일개 담당자 한 명이 그 업무로 회사에 큰 사고를 칠 수 있는 능력과 권한도 없다. 부하가 책임을 지고라도 일을 하고 싶어 한다면 어지간한 상사는 승인을 해준다. 만약 그래도 승인해주지 않는다면 '상무님은 나를 소중히 여기시는 구나'라고 좋게 생각하면 된다.

최후의 수단은 상무님께 결재 승인을 던지고 버티는 것이다. 이럴 때는 조금 치사해 보이지만 이메일로 근거를 남기고 언제까지 이견이 없으시면 진행하겠다고 써놓는다. 그렇게 미끼를 던져놓으면 나중에 업무 태만에 대한 책임을 피할 수 있다. 또한 그 책임이 상무님에게 자연스럽게 전달되기 때문에 상무님은 싫어도 억지로 그 문서를 보게 된다.

위의 방법으로 했는데 만약 상무님이 어떤 미끼도 물지 않는다면 그때는 당신이 잘못된 것임을 빨리 깨달아야 한다. 그리고 그 일을 접거나 아예 다른 건을 검토해야 한다. 세 번째 단계를 거쳐도 내 업무를 잘 봐주지 않는다며 상무님 뒷담화만 하고 있다면 10년 뒤에 당신은 지금 당신의 상무님처럼 될 확률이 높아진다.

9

상사의 개인적인 업무지시가 힘들 때

"내가 저번에 알아보라고 한 것 어떻게 되었어?"

상무님이 왠지 퉁명스러운 말투로 내 자리로 다가오시면서 물었다.

"안 그래도 곧 보고 드릴 예정이었습니다. 지금 막 보고서를 작성하고 있었습니다."

"내가 알아보라고 한 지가 언젠데? 당신 뭐하느라 그렇게 바뻐?"

분명 상무님은 대강 알아보라고 했지 구체적으로 무엇을 언제까지 어떻게 보고하라고는 안 하셨다. 그냥 농담처럼 지나가는 말로 하시고는 항상 본인이 시킨 것을 제일 먼저 해야 흡족해하셨다.

"네? 죄송합니다. 빨리 보고 드리겠습니다."

"괜히 딴 일이나 하고 있지 말고 내가 시킨 거나 빨리 알아보라고."

상무님은 뒷짐을 지고 헛기침을 크게 하시더니 본인의 자리로 가시면서 깊게 한숨을 쉬셨다. 사실 제일 급한 건 상무님이 알아보라고 한 일이 아니었다. 거래처에 계신 '갑'님들이 요청한 업무가 산더미처럼 쌓여 있었다. 더욱이 상무님이 알아보라고 한 일은 삼척동자가 보아도 지극히 개인적인 일처럼 보였다.

"이거 그냥 상무님이 개인적으로 궁금해서 그러신 거잖아요. 이런 일은 댁에 가셔서 직접 하세요."

라는 말이 목젖 끝까지 올라왔지만 이 말을 입 밖에 꺼냈다가는 대역죄인이 되어서 인사평가 시기에 부메랑이 되어 돌아올 것이고, 결국 난 회사에서 추방당해 빈털터리 신세가 될 것이다. 그렇다면 왜 보고가 늦었는지 답변을 해야 하는데 다른 업무가 있어서 늦었다고 말하면 돌아올 레퍼토리는 세 가지다.

"왜 그걸 당신이 하고 있어?"

"내가 일 같지 않은 일은 빨리 드랍시키고 하지 말라고 했지?"

"당신 어제 몇 시에 들어갔어? 일찍 가지 않았어?"

이렇게 예측 가능한 사자후가 되어서 돌아올 것이 뻔하다. 이런 상황에서는 내가 어떠한 변명을 해서 그 어떠한 대답을 듣더라도 내 마음은 최악으로 치닫기 때문에 그냥 '죄송합니다' 하고 상황을 종료시켜버리는 것이 상책이다.

답답한 마음을 뒤로하고 상무님이 명령하신 일을 마무리하면 결국 오늘도 야근을 해야 한다. 상무님이 시킨 일을 안 하면 난 내 눈앞의 한 분에게만 혼나면 되지만, 거래처가 시킨 일을 안 하면 나뿐만 아니라 주변의 동료들까지 힘들어지고, 결국 회사는 신뢰를 잃게 되기 때문이다. 이런 내 마음을 아시는지 모르시는지 상무님은 보고서를 한번 보시고는 획 하고 덮어버리신다. 보고를 드리고 방에서 나오는 내 발걸음이 무겁다. 내 자리로 걸어오기까지 날 바라보는 수많은 사람들의 시선이 힘들다. 다른 사람들은 내가 매일 혼자 남아서 야근하는 것을 아는지 모르는지 '저 녀석은 상무한테 잘 보이려고 저런 일까지 하네'라고 흉보는 것 같다.

"자꾸 그런 일 하는 사람으로 찍혀서 어떻게 해?"라며 위로해주는 동료들도 있지만 이제는 이런 위로의 말도 힘들다. 내 자신이 한없이 작아지고 이런 일이 거듭될수록 '나는 정말 회사에서 이런 일만 하는 사람'이 되어버린다. 어린아이는 장난으로 개울에 돌을 던지지만 그 안에 사는 개구리는 그 돌에 맞아 죽는다. 높은 자리에 올라가는 개구리일수록 장난처럼 다른 개구리에게 돌을 던지지 말고 어린 개구리 시절을 생각해줬으면 하는 바람이다. 회사에 있는 우리 모두는 어차피 개구리이기 때문이다.

주위에 높으신 친구분들이 많은 상사를 만났을 때

"내 친구놈이 어디 회사 대표야. 내가 전화 한 통 하면 다 끝나."

도저히 안 풀리는 문제를 들고 찾아뵙자 전무님은 자랑스럽게 말씀하셨다.

"그 친구놈이 내 고등학교 동창인데, 그놈 사실 다 내가 뒤에서 도와줘서 잘된 거야."

전무님은 계속 친구 자랑을 늘어놓으셨다. 그러나 내가 여쭤본 문제에 대해서는 조금도 답변해주지 않으셨다. 핸드폰을 꺼내 그 친구놈과 골프장에서 같이 찍은 사진과 그분의 명함까지 보여주실 때쯤 난 조심스럽게 여쭤보았다.

"전무님께서 그렇게 유명하신 분과 이렇게 친하신 줄 몰랐습니다. 정말 대단하십니다. 혹시 이 문제는 어떻게 해결하면 좋을까요? 제 생각엔 전무님께서 그 친구분께 말씀해주시면 금방 해결될 수 있을 것 같은데 어려우시겠지만 부탁 한번 드려도 되겠습니까?"

내 말이 끝나자마자 신나게 핸드폰을 보여주면서 친구 자랑을 늘어놓으시던 전무님이 갑자기 헛기침을 한 번 하셨다. 그러고는 표정을 바꾸더니 정색하고 말씀하셨다.

"당신 직장생활 몇 년차야? 그렇게 뭐든지 쉽게만 해결하려고 해서 어떻게 과장 됐어? 내가 그 친구놈한테 말하는 순간 당신 일 못하게 위에서 찍어 누르는 행동이라는 것 몰라? 그런 식으로 계속 일하면 당신 같은 담당자는 당장은 일하기 쉬워도 앞으로는 그 회사랑 일하기 힘들어져!"

지금도 상당히 힘들어서 부탁드리러 갔는데 전무님은 친구 자랑만 신나게 하셨다. 결국 아무런 해결책도 제시해주지 않은 채 내 직장생활에 대한 질타를 하셨다. 게다가 본인이 도와주면 내가 더 힘들어진다니 이 얼마나 역설적인 해결책인가!

"나는 일을 하는 위치가 아니라 당신이 어떻게 일하는지 감독하는 위치야. 그동안 그렇게 다른 사람한테 떠넘기면서 안일하게 일했다면 실망이 크네."

말씀이 끝나자 때마침 전무님의 휴대폰에서 벨소리가 신나게 울렸다. 전무님은 마치 기다렸다는 듯이 안경 너머로 휴대폰 액정화면을 보시더니 오른쪽 검지로 주욱 밀어내서 전화를 받으셨다. 그리고 무척이나 중요한 전화라는 눈빛을 보여주시며 저리 멀리 나가버리라는 듯이 왼손을 아래위로 흔드셨다.

신입사원 시절에 한적한 지방으로 출장을 갔다가 시골동네에서 목줄 풀린 개한테 다리를 물린 적이 있다. 보통 동네 개들은 덩치가 큰 나를 보면 이빨을 내보이며 으르렁거려도 사납게 짖을 뿐 내가 다가서기 전까지는 가까이 오지 않았다. 그럴 때 발로 바닥을 쿵 치며 "워이!" 하고 외치면 대부분의 개들은 뒷걸음질을 치면서 조용히 집으로 들어갔다. 그런데 그날 지방에서 날 물었던 개는 으르렁거리지도 사납게 짖지도 않았다. 내가 아무 생각 없이 다가가자 가만히 집에 있다가 뛰쳐나오더니 갑자기 내 다리를 물었다. 다행히 오른쪽 바지 끝자락을 물렸기에 망정이지 자칫 다리까지 물렸으면 광견병 주사를 맞을 뻔했다.

보통 개가 시끄럽게 짖는 이유는 상대가 두려워서다. 목소리를 크게 해서 상대보다 강하게 보이려는 것이고, 주위 사람들에게 도와달라고 크게 외치는 것이다. 마치 싸움을 잘 못하는 친구들이 싸우기 직전 교실이 다 울릴 만한 큰 소리로 "야! 진짜 말리지 말라고!"라고 외치면서 말리는 누군가의 품속에 안정적으로 잡혀 있는 것과 비슷하다. 진짜 사람을 무는 개나 싸움의 고수는 예고 없이 바로 하이라이트로 가격한다.

회사에서도 현재 자신의 능력이 부족한 사람일수록 옛날 자랑을 많이 하고 가식적이며 거만하다. 그리고 그 사람 주위에는 유명하고 실력 있는 과거의 친구놈이 많은 경우가 많다.

"내가 옛날에는 말이야."

"내 친구놈이 말이야."

라는 수식어가 많이 붙은 대화가 지속될수록 신입사원 시절에 출장 가서 개한테 물렸던 바지 끝이 아픈 것 같다. 그렇게 친구 끝에 "놈" 자까지 붙여가며 막역하게 친하다던 전무님의 유명한 친구분들은 내가 직접 뵌 적도 없는데 하도 많이 들어서 이미 친해진 느낌이다. 이렇게 직접 볼 수 없었던 사람들을 귀동냥으로만 많이 알게 된 순간 나도 모르게 신입사원에게 이렇게 말하고 있었다.

"내가 옛날에 그 친구놈이랑 말이야……."

11

새로운 업무의 담당자를 지정할 때

"저 이 업무 안 해봤는데요? 그리고 제가 이 업무 담당자도 아니잖아요."

회의시간에 팀장님이 업무를 지시하자마자 김대리는 갑자기 눈을 동그랗게 뜨고 대답했다. 팀장님은 깊은 한숨을 쉬더니 바닥을 보셨다. 그러고는 눈을 들어 나를 쳐다보고 말씀하셨다.

"그럼 이번 건은 조대리 당신이 맡아서 해."

이 아찔한 상황에서 나도 안 해봤다고 하면 결재판이 누군가의 머리 위로 날아올 것 같은 분위기였다. 퇴근시간이 되자 자신은 담당자가 아니라고 대답했던 김대리는 약속이 있다며 정시퇴근을 했고, 난 야근을 해야 했다.

'왜 나는 그 상황에서 거절을 하지 못했을까?'

'왜 나는 일찍 집에 못 가고 야근을 하고 있을까?'

'왜 나는 그래도 그 동료에게 큰소리도 못 치는 걸까?'

'왜'와 '나'에 대한 끊임없는 질문과 분노를 가슴속으로 삭이며 줄기차게 몇 년 동안 야근을 하다 보니 세월은 흘러 흘러 어느덧 나는 팀장이 되어 있었다.

'난 안 해본 일이니 할 수 없다'라는 수많은 김대리들이 만들어낸 거절의 피해자는 언제 어디서든 나였다. 그렇게 살다 보니 남들이 하기 싫어하는 일을 주로 도맡아 하는 이미지가 굳어졌다. 그리고 나 역시 스스로 나는 그런 일을 하는 사람이라고 생각하게 되었다. 그렇게 팀장이 되자 이렇게 받아오는 일의 크기가 이제는 나 혼자서는 도저히 할 수 없는 것들이다. 이런 상황에서 팀원들과 업무분장 회의를 하는데 10년 전에 유행이 지나도 훨씬 지난 김대리의 대사를 한 팀원이 똑같이 읊조렸다.

"저 이 업무 안 해봤는데요? 그리고 제가 담당자도 아니잖아요. 왜 저한테 시키시는 거죠?"

이 말을 10년 만에 다시 듣는 순간 지난 오랜 시간 동안 마음속에 억눌려온 분노가 폭발하면서 소리 높여 그 팀원에게 외쳤다.

"그럼 대통령은 그전에 대통령 해봐서 대통령 하나? 당신은 태어날 때부터 업무분장 받고 태어났어?"

팀원들이 모두 집에 간 야밤에 외톨이가 되어서 생각해보니 지난 과거에 내가 느낀 분노를 오늘의 한 팀원도 똑같이 느꼈을 것이라 생각되었다. '내가 그동안 참고 일했으니 당신들도 나처럼 참고 일해'라는 식의 태도는 시간이 갈수록 점점 더 나를 외롭게 만들 뿐이었다. 곰곰이 생각할수록 내가 한 행동은 그동안 내가 받는 고통들을 나보다 약한 팀원들에게 풀고 있는 꼴이었다.

다음 날 최대한 미안한 마음과 얼굴로 팀원들과 다시 회의실에 앉았다. 그리고 우리가 맡은 업무가 회사와 팀에 어떤 이익인지와 개인이 해당 업무를 맡음으로써 발전할 수 있는 능력을 구체적인 사례를 들어서 설명해보았다. 지금도 정기적인 업무로 모두 바쁘겠지만 내가 타 회사 자료를 수집해서 가이드라인을 잡아보겠다고 말했다. 그리고 김대리는 어디서부터 어디까지 해주고, 박과장은 어디서부터 어디까지 해보자라며 업무를 구체적으로 배분했다. 마지막으로 해당 업무가 끝나면 힘들 테니 각자 일정에 맞춰 조용히 돌아가면서 하루씩 쉬자고 했다. 다들 조금씩 힘들어 보였지만 동의하고 각자 자리에 가서 앉았다.

내가 그동안 느낀 불합리에 대해서 과거에 있었던 나의 상황을 돌아보지 않는 순간, 나도 내가 욕하던 그 사람들과 똑같이 불합리를 행하고 있었다. 마치 도둑이 처음 물건을 훔칠 때에는 그 행동이 나쁘다는 것을 알고 꺼렸음에도 크면서 보고 들은 것이 도둑질뿐이라면 결국에는 아무런 죄책감 없이 도둑질을 하게 되는 꼴이었다. 도둑은 도둑질을 할수록 자신만 망치는 것이 아니라 다른 사람에게 도둑질을 가르치고 있다는 사실을 알아야 한다. 리더가 업무 지시에 대한 새로운 방식과 해당 업무에 대해 고민하지 않고 나태하게 예전에 했던 대로 지시하는 순간 단순히 직급에 눌린 수많은 김대리들은 또 다시 똑같이 대답할 것이다.

"저 이 업무 안 해봤는데요?"

12

상사가 재미없는 농담을 계속할 때

"저도 신입사원 여러분이 좋아하는 아이돌 가수 좋아합니다. 요즘 젊은이들 사이에서는 최탑이 유명하죠?"

연수원 대강당이 갑자기 조용해지면서 검은 그림자가 공간을 채우듯이 적막해졌다. 그 엄숙한 분위기에서 용기 있는 신입사원이 조심스레 손을 들고 물었다.

"혹시 말씀하신 최탑이 빅뱅의 탑 말씀이신가요?"

"옳지! 맞습니다. 훌륭해요. 제가 최씨라 회사에서 최부장이듯, 탑도 원래 최씨니까 회사에서는 최탑이라고 불려야죠. 껄껄껄껄."

회사에서 재미없는 농담을 건네는 높으신 분들을 자주 뵙는다. 이런 농담을 듣게 되면 얼굴이 화끈거려 가리고 싶지만 이미 내 손가락은 뜨거운 맥반석 위의 오징어 다리마냥 다 오그라들어 얼굴조차 가릴 수 없는 상황이 된다. 이럴 때는 그 농담이 왜 재미있는지 생각하지 말고 우선 웃어라. 길을 가다가 갑자기 뒤통수를 맞으면 누가 왜 때렸는지, 이게 어느 정도 아픈 것인지 생각하기 전에 고함부터 나오듯이 즉각적으로 반응을 해야 한다. 어설프게 2초 이상 딜레이 된 후에 웃음소리를 내면 고민하고 웃은 것처럼 가식적으로 보일 수 있으니 즉시 웃는 것이 중요하다. 책상을 두들기거나 배를 잡는 화려한 리액션도 같이하면 금상첨화다.

"아하하하하 아이고 배야. 큰일났다. 내 배꼽 어디 갔어? 부장님께서 웃기셨으니 어서 제 배꼽 찾아주세요. 하하하하하."

이러한 억지웃음을 통해 회사생활은 조금 더 즐거워질 것이다. 솔직히 안 웃겨도 실컷 웃고 나면 생각보다 나쁘지 않다. 영화 〈올드보이〉의 명언처럼 웃으면 온 세상이 나와 함께 웃고, 억지로 웃어도 스트레스가 풀리기 때문이다. 그리고 생각한다. '부장님도 젊음을 이해하려고 노력하는구나.'

스스로 아직 젊다고 생각하는 순간, 이미 당신에게 젊음이란 그냥 아무렇지 않게 있는 것이 아니고 굳이 생각해야 떠오르는 것이다. 즉, 당신은 젊지 않은 것이다. 부장님들도 젊은 시절에는 본인이 모셨던 부장님처럼 살지 않겠다는 다짐을 했을 것이다. 그리고 지금의 신입사원들과 마찬가지로 동기들과 상사를 안주 삼아 씹으면서 술을 마셨을 것이다. 현재 '사모님'이라고 불리는 부장님의 아내와 결혼 전에는 요즘 젊은이들처럼 뜨겁게 연애도 했을 것이다. 부장님이라고 불리는 옛날사람이라고 오래된 다방에서 쌍화차 마시면서 양가 부모님께서 주선한 선자리에서 처음 만나 머리에 족두리랑 기러기 올리고 결혼하지는 않았다는 것이다. 지금의 부장님도 과거에는 미치도록 사랑하는 사람과 열애 끝에 결혼도 했고, 지금처럼 이렇게 배가 나오거나 머리가 빠져 있지도 않았다. 마치 지금의 젊은이들이 그런 것처럼 지금의 부장님들도 그랬다.

한참 잃어버린 배꼽을 찾다 보니 어느덧 회의가 끝났다. 나는 잃어버린 배꼽을 찾았고 부장님에게는 잊어버린 젊음을 찾아드렸다. 회의실을 나오면서 그분이 살아왔을 세월을 생각해보니 아무 일 없이 그 재미없는 농담들이 이해가 되었다. 나도 어느덧 그런 나이가 되어가나 보다.

13

싫어하는 사람을 피해서 이직을 한다면

"자네는 왜 지금 다니는 회사에서 이직을 하려고 하지?"

가운데 앉은, 임원처럼 보이는 연세 지긋한 면접관이 안경을 만지면서 내가 예상했던 질문을 했다. 여기서 지금 회사의 상사가 날 싫어해서 이직한다고 말하면 면접관들은 내 상사가 나를 싫어할 만한 이유가 있을 것이라고 생각하거나, 아니면 내가 조직에 적응하지 못한다고 생각하기 때문에 반드시 다른 이유를 말해야 한다.

"회사 사정이 어려워져서 옮기려고 합니다."

나는 무덤덤한 표정으로 대답했다.

"그럼 지금 다니는 회사 사정이 어렵지 않았다면 이 회사에는 지원하지 않았을 텐가?"

면접관은 되물었다. 난 무덤덤한 표정으로 대답했다.

"네. 지금 회사가 어렵지 않았다면 여기 오지 않았을 겁니다."

면접관은 당황해하면서 다시 물었다.

"그럼 당신은 상황에 따라서 이 회사에 올 수도 있고 안 올 수도 있는 사람인데 지금 왜 내 앞에 와서 앉아있나?"

"말씀드린 바와 같이 지금 회사 사정이 어려워서요."

면접관은 화가 잔뜩 난 표정으로 테이블을 손으로 탁탁탁탁 내려치며 말했다.

"그럼 회사가 어렵지 않으면 안 오겠다는 것 아니야?"

"네. 그런데 지금 어려워서 여기 와 있지 않습니까?"

결국 임원처럼 보인 면접관은 문을 쾅 닫으며 회의실을 나갔다. 그 면접관의 좌우에 앉아있던, 팀장 정도의 직급으로 보이는 또 다른 면접관들이 물었다.

"지원자님, 그렇게 말씀하시면 어떡합니까? 회사가 장난입니까?"

난 몹시 당황한 표정으로 대답했다.

"아니, 들어오기 전에 진실만 말하라고 해서 진실만 말했는데 왜 그러십니까?"

결국 난 면접관을 화나게 한 죄로 불같이 화끈하게 면접에서 떨어졌다.

또 다른 회사의 면접을 보러 갔을 때 이야기다.

"지원자님, 만약 우리 회사에 오신다면 신규 사업 발굴과 직접 발굴한 신규 사업을 진행할지에 대한 판단은 어떻게 하실 겁니까?"

"네?"

면접관의 질문이 너무 포괄적이고 거대했다. 이 질문을 듣는 순간 바닷가에 놀러갔다가 거대한 파도가 나타나서 갑자기 내 뇌를 강타하고 휩쓸고 가버려 머릿속이 텅 비어버린 기분이었다. 솔직히 이 질문은 밑도 끝도 없었다. 내가 과장 경력직에 지원한 것이 아니라 실수로 임원 경력직에 지원을 한 듯한 착각을 일으키는 질문이었다. 임원급 이상이 해야 할 일에 대해서 나에게 물어보다니 이 회사는 입사를 해도 걱정이 될 정도였다. 결국 당황해서 손가락만 만지작거리던 나는 이렇게 대답했다.

"신규 사업에 대한 판단을 하기엔 저는 부족합니다. 여기 계신 높으신 분들께서 판단하셔서 저에게 일을 시켜주시면 전 담당자로서 열심히 일을 하겠습니다."

면접을 당하고 있는 일개의 담당자가 면접을 지켜보고 계시는 높으신 임원에게 역으로 일을 시켰다가 파도처럼 시원하게 면접에서 떨어졌다.

'이제는 좋은 모습만 보여주고 거짓말만 하리라. 내가 할 수 없는 것도 다 한다고 할 것이다'라고 굳게 다짐하고 다른 회사 면접을 보았다. 난 회의실 문을 열고 들어가면서부터 잇몸이 모두 보일 정도로 환하게 웃으면서 인사했다.

"미천한 저를 위해서 이렇게 높으신 분들께서 시간을 내주시다니 몹시 영광입니다."

"네, 지원자님 여기 앉으세요."

"귀하신 시간을 저 하나를 위해서 맞추기도 힘드실 텐데, 그리고 다들 어려운 일 하시는 분들인데 이렇게 한곳에 모인 것부터 저에게는 영광이며……. 너스레 너스레~"

"네, 다음 지원자 분."

너스레는 나한테 맞지 않는 옷이었나보다. 이번에도 면접에서 떨어졌다. 그동안 나에게 맞는 회사를 찾기 위해 수많은 회사에 지원을 하고 면접을 봤다. 거짓말 조금 보태서 길거리에 다니면서 보이는 간판에 있는 대부분의 회사는 면접을 본 것 같다. 있는 그대로도 말해보았고 부풀려서도 말해보았다. 그렇게 열심히 이 회사 저 회사를 기웃거렸더니 이제는 '어떤 일을 꼭 해야겠다' 혹은 '이 회사에 꼭 가고 싶다'라는 나만의 신념은 거의 없어진 지 오래다. '그냥 이 정도면 나쁘지 않다'라는 마음만 있을 뿐이다.

혹시 지금 당신이 다니는 회사에 만족하지 못한다면 다른 회사에 지원해서 면접을 보는 것도 좋은 방법이다. 여러 사람을 겪다 보면 당신의 상사는 당신에게 의외로 친절하고 그나마 잘 맞는 사람일 지도 모른다. 그리고 당신이 하고 있는 업무도 당신의 수준에 맞는 업무일 수 있다. 또한 새롭게 면접을 본 회사에서 떨어진다고 슬퍼하거나 노여워하지 말지어다. 옆집에 사는 또 다른 사나운 개에게 물리기 전에 미리 피했다고 생각하면 된다. 혹시라도 거짓말해서 이직에 성공했다가는 새로운 곳에서 지금보다 더 인정사정 볼것 없이 혹독하게 물어뜯길 수도 있으니 조심해야 한다. 당신의 천적들은 어디에나 있다.

14

회사에서 오래 버티는 세 가지 비법

"지원자님은 이직이 잦은데 혹시 이직하게 된 사유가 있나요?"

면접을 끝내고 나왔음에도 면접관의 걱정스러운 눈빛과 질문이 계속 내 머릿속에서 맴돌았다.

"제가 다닌 회사가 사정이 안 좋아져서 어쩔 수 없었습니다."

라고 대답은 했지만 사실 이직의 가장 큰 이유는 아니었던 것 같다. 물론 회사가 어려운 것도 있었지만 나를 퇴사하게 한 사유의 8할은 사람이었다. 난 지난 여러 회사에서 객관적으로 좋은 성과를 보였지만 그럴수록 더 많은 사람들이 힘들게 했다.

'애는 원래 열심히 일만 하는 직원'이라며 내가 일찍 가면 이상하게 쳐다보고 남들보다 더 많은 일을 시키는 상사.

'얘는 원래 뭐라고 해도 그냥 웃으며 네네 하는 직원'이라며 아무렇지 않게 마음의 상처가 되는 말을 툭툭 뱉으면서 비웃던 '갑'사의 직원.

'얘는 원래 연차 가기 싫어하는 사람'이라며 공휴일 전후나 징검다리 휴일의 연차를 먼저 선점하는 동료.

'얘는 원래 내가 굳이 완벽하게 하지 않아도 자기 성에 안 차면 혼자 남아서 하는 사람'이라며 일을 맡길 때마다 마치 남의 일인 것처럼 대충하고 집에 가는 후배.

'얘는 완벽하지 않으면 혼자 열심히 일해서 연차를 안 가면서까지 웃으면서 네네 하며 일하는 직원'이라며 위의 네 가지 이유가 복합되어 날아오는 수많은 펀치들. 상하좌우로 나를 힘들게 하는 사람들 천지였고, 그 어려움과 분노를 표현하지 않고 착한 사람처럼 꾹 참고 버텨낸 나는 힘들게 도움주신 상하좌우의 분들 덕분에 지속적으로 이직을 할 수 있었다.

가끔 길을 가다 보면 "30년 전통 원조 맛집"이라는 간판을 걸고 한자리에서 오랫동안 장사를 하는 식당이 있다. 오랫동안 장사를 했다는 그 이유 하나만으로 '오래된 저 식당만의 특별한 비법이 있겠지'라고 생각하고 들어가서 한 끼를 때우고 나왔다. 예상 외로 오래된 식당일수록 밥맛은 특별하지 않았고, 분위기도 연륜을 반영하듯 깨끗하지 않았다. 손님을 대하는 서비스도 친절하지 않았으며 오히려 불친절이나 무반응이라는 표현이 적절했다. 그리고 주방에는 오랜 시간 동안 찬모 역할을 하신 딱 봐도 불친절해 보이는 욕쟁이 할머니가 한 분 정도 계신다. 그래도 사람들이 많이 찾는 이유는 단 하나, 한자리에서 오랫동안 있었기 때문이다. 사람들은 그 식당이 가진 특별한 맛보다 30년이라는 세월 동안 많은 어려움을 이겨낸 인내의 맛을 보러 온 것이다. 반대로 "신장개업"이라는 간판이 걸린 식당에 가면 그동안 보지 못한 새로운 맛을 선보이기도 하고, 사장님도 친절하고 인테리어도 깔끔한데도 두 번 이상 찾는 손님은 드물다.

회사든 밥집이든 어디에도 그동안 경험하지 못한 특별한 맛은 없다. TV에 나오는 맛집을 볼 때면 사람들이 하나같이 "우와 정말 맛있다" 하면서 머리 위에 별이 퐁퐁퐁 터지지만 막상 가서 먹어보면 그런 감탄사는 잘 안 나온다. 결국 회사생활을 오래 버티기 위해서 우리는 오래된 밥집의 노하우를 벤치마크 해야 된다.

첫째, 혼자 모든 감정을 떠안고 힘들어하지 말고 당신도 남들처럼 다른 사람들한테 풀어라. 오래된 맛집의 욕쟁이 할머니가 자신의 스트레스를 남들에게 풀면서 마음의 평온함을 유지하듯이. 둘째, 괜히 새로운 일을 하겠다고 들썩이지 말고 당신이 회사에서 하던 일이나 차분히 잘하자. 맛집이 메뉴가 별로 없고, 신 메뉴 개발 안 하듯이. 셋째, 자리에 운운하거나 시대를 탓하지 말고 당신도 조용히 한자리를 지키자. 맛집이 있는 곳의 상권이 언젠가 바뀌어서 돌아오듯이.

위의 세 가지 비법을 마음에 간직하고 조용히 살면 오래된 맛집처럼 회사에서도 오래 버틸 수 있다. 못 믿겠으면 지금 바로 눈을 들어 사무실 저편 파티션 아래에 숨어 지내는 장기근속자들을 보아라. 특별한 능력 없이 당신한테 욕쟁이 할머니처럼 욕만 하는데 당신보다 오래 다니고 있다. 그리고 생각보다 밥맛도 없다.

퇴근하면 비로소
보이는 것들

5장

1

83년생 조과장

"애기가 엄마가 없으니깐 이렇게 우나봐. 우쭈쭈…… 너희 엄마는 어딨니?"

83년생 회사원 조과장은 오른손으로 어린이집을 다니는 첫째아들의 손을 잡고 왼손으로는 돌잡이 둘째아들을 안은 채 지하철에서 이리저리 균형을 잡으며 위태롭게 서있다. 오늘은 토요일, 병원에서 일을 하는 아내를 만나기 위해 아들들과 떠나는 길이다. 오늘따라 둘째아들의 보채는 울음소리가 요란한 지하철 쇠바퀴 소리보다 크게 들린다.

"애기야, 엄마도 없이 어디로 가는 거니?"

노약자석에 앉아 아기들이 귀여우신지 자꾸 물어보는 이름 모를 할머니에게 첫째는 기어들어가는 목소리로 우물쭈물 입을 뗀다.

"엄마 보러 가요."

"엄마가 어딨는데?"

"병원에 있어요."

아이의 작은 목소리에 지하철에서 수군거리던 할머니들이 조용해진다. 아마도 애기 엄마가 병원에서 일을 한다고 생각하기보다는 아파서 병원에 있는 것이라고 생각하셨나보다.

"애기 엄마 병원에 있은 지 꽤 됐어요. 괜찮아요."

조과장의 마지막 대답 한 방으로 혼란스러운 지하철은 금방 정리되었다. 아내가 아픈 게 아니라 일하기 위해 병원에 있어도 어쨌든 현재 위치는 병원이니까 거짓말은 아니다. 덕분에 조용히 지하철을 타고 이동할 수 있었다.

그러나 그사이 아내는 이미 할머니들 사이에서 일을 하든 아프든 애들을 봐야 할 자리에 없는 나쁜 사람이 되어 있었다. 남의 눈치를 보면서 맞벌이 부부로 산다는 건 쉬운 일이 아니다. 아무래도 가장 힘든 건 엄마의 마음이리라. 집에 돌아와 아이들이 잠에 들어서야 부부는 그동안 못 다 한 이야기를 나눌 수 있다.

"너무 걱정 하지 마, 여보. 다들 그렇게 힘들게 맞벌이 한다더라. 그래도 우리 열심히 벌어서 20년 뒤면 아이들이 대학교에 갈 테고, 30년 뒤면 대출 다 갚을 수 있잖아!"

희망적인 미래를 말하는 공기 사이로 해외여행상품을 광고하는 텔레비전 홈쇼핑의 쇼호스트 목소리가 파고든다. 몸과 마음은 힘들지만 30년이라는 세월을 생각하며 다음 날도 둘은 고민 없이 각자 출근할 힘과 용기를 얻는다. 조금이라도 게으름을 부렸다가는 30년은 고사하고 3년 뒤에 직장을 잃게 될까봐 두렵다.

"힘들면 그만둬도 돼! 내가 혼자 더 벌어오면 되지."

부부는 서로를 위로하는 말을 하면서 큰소리를 치지만 막상 한 명이 돈을 벌지 못한다고 생각하면 덜컥 겁부터 난다. 다른 사람들은 뭐해서 돈을 버는 걸까? 잠자는 첫째아들의 가방에서 가정통신문을 꺼내보니 일주일 뒤 유치원 운동회 하는 날이 평일이다. 누가 어떻게 연차를 내야 하나 둘은 말없이 서로 눈치를 본다. 지금은 다행히도 어머니가 어머니집과 우리집을 왔다 갔다 하면서 아이들을 돌봐주신다. 내 앞가림은커녕 내 자식의 앞가림도 못 하는 이 불효자식은 죄송한 마음으로 잠을 청한다.

다음 날, 퇴근시간이 다가온 사무실에 여지없이 전화벨이 울린다. "죄송합니다. 아…… 네, 많이 힘드셨겠네요. 고객님께서 정말 많이 힘드셨죠?"

속사포 같은 고객의 클레임을 들으며 기계처럼 영혼 없는 추임새를 넣고 있지만 마음은 이미 집에서 날 기다릴 아이들에 대한 걱정으로 가득하다. 집에 도착하면 먼저 퇴근을 한 아내가 화장도 지우지 못한 채 녹초가 되어 아이들을 보고 있다. 교대로 샤워를 하고 군대 훈련소 시절보다 빨리 밥을 먹으면 금세 아이들을 재울 시간이 된다. 엄마 아빠를 하루에 한두 시간밖에 못 보는 두 아이의 칭얼거림이 가슴 아프다. 그러다가도 징징거리는 소리에 나도 모르게 아이들에게 와락 짜증을 내고 이불 속에서 후회한다. 아이를 낳지 않았다면 어땠을까? 우리 중 한 명이 그만두어도 잘 살 수 있을까? 난 지금 올바른 부모일까? 현실과 비현실 사이에서 고민하는 동안 아이들은 울음을 그치고 힘겹게 잠이 든다. 잠든 아이의 손톱을 깎는 아내도, 부엌에서 산처럼 쌓인 설거지를 하는 남편도 말없이 한숨을 쉰다. 서로에게, 자식들에게, 부모님들께 미안하다.

또 날이 밝고, 배고프다고 우는 둘째아이의 분유를 타고, 각자 정신없이 출근하는 지하철에서야 우리는 왜 살고 있는지, 행복하게 살고 있는지 생각한다. 핸드폰 사진첩을 열어 행복하게 웃고 있는 아이들의 얼굴을 본다. 대출 상환이 끝나는 30년 동안은 가족들과 함께 잘 살 수 있겠지 하는 기대를 가져본다. 그래 오늘도 집에 가면 두 아들이 달려들며 좋아해주겠지. 자식이 있어서 힘들지만 자식이 있어서 행복한 하루가 지나간다.

2

아버지의 아버지, 아들의 아버지, 그리고 아들

"아빠 회사에는 빠방이 있어?"

"응, 아빠 회사 주차장에는 빠방이 많지."

"그럼 아빠 회사에 아빠 빠방도 있어?"

"아빠 회사에 아빠 빠방은 없어."

"그럼 누구 빠방이가 있어?"

"사장님 빠방이야. 아빠는 못 타."

네 살짜리 아들은 한참을 울먹이다가 결국 목젖을 보이며 울어버렸다.

"으앙…… 아빠는 빠방이가 없대."

왜 우는지 도통 모를 아들을 겨우 달랬다.

어릴 적 나도 아버지께 비슷한 질문을 했던 것 같다.

"아빠는 회사에서 높은 사람이야?"

"응, 아빠는 높은 사람이지."

"그럼 아빠 밑에 몇 명이나 있어?"

"아빠 밑에 한 200명 있어."

"그럼 아빠가 회사 가면 200명이 다 인사해?"

"응 당연하지."

곰곰이 생각하다가 200명이 우리 아빠한테 줄서서 인사하는 모습을 상상하고는 소리쳤다.

"우와! 아빠 진짜 대단하다."

그 당시 아버지의 직급은 대리였다.

어느 점심시간, 모두 나간 조용한 사무실에 혼자 남아서 모니터와 씨름을 하고 있는데 오랜만에 아버지에게서 전화가 왔다.

"할아버지가 돌아가셨다."

아버지의 목소리는 차분했다. 나 또한 모니터를 끄기 전에 앞으로 3일 동안 있을 법한 어지간한 회사 업무들을 차분하게 정리했다.

아버지는 아버지의 죽음 앞에서 나의 네 살짜리 어린 아들처럼 "으앙" 하고 울 수 없었다. 아버지는 장례식장으로 향하는 차 안에서야 비로소 우셨고, 장례식이 끝나고 집으로 올라오는 차 안에서 다시 한 번 우셨다.

난 다시 출근했고, 내 자리에 앉아 아버지께 괜찮으시냐고 전화를 드렸다. 그 시간 아버지도 다시 일터에 앉아 계셨다. 그렇게 두 아버지는 다시 제자리로 돌아와 아무 일 없었다는 듯이 앉아있었다. 나는 아버지처럼 무뚝뚝하고 말이 없는 아버지 말고 솔직한 아버지가 되어야지 하는 다짐은 지킬 수 없었다. 어쩌면 처음부터 솔직함과 아버지는 서로 어울리지 않는 단어인지도 모른다.

3

둘째아들이 나오면서 덜어준 걱정들

"지금까지 어떻게 버티셨어요? 오후에 바로 수술 일정 잡으셔야 해요."

둘째아이의 출산 예정일이 되기 나흘 전, 통증이 심해져 아침 일찍부터 찾아간 병원에서 듣게 된 의사 선생님의 말씀은 청천벽력과도 같았다.

"제 아내가 출산이 임박해서요. 혹시 아이 나온 다음에 수술하면 안 돼요?"

"그동안 굉장히 아프셨을 테고, 앞으로도 많이 아프실 텐데……. 수술 전까지 정말 참을 수 있으시겠어요?"

결국 나는 엉덩이를 씰룩거리며 치질 전문병원을 돌아 나섰다. 내가 먼저 수술을 받고 병원에 누워 있다가 둘째가 나오면 큰일이기 때문이다. 다행히 둘째아들이 출산 예정일에 딱 맞춰 세상에 나온 그 시각에 마치 약속이라도 한 듯 미리 수술을 받지 못한 내 치질도 같이 터졌다. 아내의 출산일에 같이 힘을 주다가 하혈이 심했던 남편은 결국 급하게 수술을 받았지만, 항문외과에 입원하지 못하고 산부인과 병실에서 보호자용 침대에 산모용 패드를 깔고 누웠다.

난 둘째가 태어나기 전까지 매일 걱정했다. '첫째 어린이집은 어떻게 보내야 하지?', '아내는 육아휴직도 못 받았는데 둘째는 어떻게 키우지?', '입주도우미 월급이 내 월급보다 많은데 어떻게 돈을 더 벌어오지?', '도우미가 엄마아빠 일 나갔을 때 애기를 때리기라도 하면 어쩌지?', '올해 전세 끝나면 젖먹이 데리고 이사 가야 하는데 어디로 가서 살지?', '도우미 월급 마련도 힘든데 전세금 올려달라고 하면 대출이자는 어떻게 갚지?'

온갖 걱정은 매일 밤 악몽이 되어 날 괴롭혔다. 그래서 치질이란 따끔한 맛을 보게 되었나보다. 다행히 아내와 나의 많은 걱정에도 불구하고 수술이 잘 되었다. 산후조리원에 같이 누워서 생각해보니 걱정이란 놈은 어지간히 먹고살 만할 때 나타나는 놈이었다. 아내의 출산을 초조히 기다리는 그 시간 동안은 막상 걱정은 들지 않았다. 모두가 건강했으면 하는 바람만 있을 뿐.

둘째아이는 힘들게 세상에 나오면서 아빠의 걱정을 덜어주고, 덩

달아 아빠의 치질도 없애주고, 서비스로 산후조리원의 최고급 좌욕기를 이용할 수 있는 기회까지 주었다. '잘될 거야'라는 긍정적인 생각이 몸도 마음도 좋아지게 한다는 것과 가끔은 걱정조차 행복이라는 사실을 갓 태어난 둘째아들이 세상에 나오면서 알려준 사실이다. 고생 중인 아내와 둘째아들에게 진심으로 감사하며 좌욕을 하러 가야겠다.

4

부모가 되어서야 알 것 같은 부모님의 마음

"선생님, 제 자식 잘 부탁드립니다."

이마가 발끝에 닿을 만큼 꾸벅 인사를 했다. 유치원 원서를 접수하고 문을 열고 나왔다. 출입문에 걸려 있는 달랑이는 작은 종소리가 오늘따라 유난히도 처량했다.

"어차피 추첨으로 입학하는 건데 왜 그렇게 머리를 조아려?"

속상한 마음에 하는 볼멘소리도 듣지만 막상 내 자식과 관련된 사람들이라고 생각하니 나도 모르게 고개가 숙여지는 것이 부모의 마음인가 보다. 유치원 원서 접수하는 날은 내가 평소에 진학하고 싶었던 대학원의 원서 접수 마감일이었다. 나 역시 대학원 입학원서를 써놓고 접수를 해야 하나 고민하고 있었다. 그러다가 유치원 입학 경쟁률이 웬만한 대학원보다 높은 9대1이라는 얘기를 듣고 대학원 원서가 아닌 아들의 사진이 붙은 유치원 원서를 들고 발길을 돌렸다.

'우리 아빠는 왜 티브이에 나오는 유명한 사람들처럼 성공하지 못했을까? 왜 누가 보아도 지극히 평범한 회사원이 되어서 매일 늦게 오시는 걸까? 분명 우리 아빠는 유명한 사람들보다 부지런하지 않거나 재능이 없는 것일 거야.' 어린 시절 다른 사람들과 아빠를 비교하면서 철없이 생각했던 기억이 떠올랐다. 집으로 돌아오는 길에 철부지 자식은 부모가 되어서야 부모님이 나를 위해서 포기해야 했던 것들을 알 수 있었다. 그렇게 부모에 대해서 무언가 조금씩 알 것 같고, 그래서 오늘따라 부모님께 고맙고 미안했다. 늦가을 찬바람에 스치는 안경 뒤에 숨어 있는 눈망울이 오늘따라 유난히도 시렸다. 그렇게 집에 돌아와서는 냄새 나는 구두를 벗고 오늘도 웃으며 외쳤다.

"애들아~ 아빠 왔다."

5

별일 없는 아버지와 별일 없는 우리 집

"아빠는 요즘 별일 없죠? 괜찮아요?"

퇴근길에 아버지께 전화를 드렸다. 곧 마흔이 되는 나는 아직도 철없이 아빠라고 부른다.

"아빠가 뭐가 걱정이냐. 난 별일 없다. 애들은 잘 있지?"

일흔이 넘으신 아버지는 마흔 살 아들의 물음에 매번 별일 없다는 똑같은 대답을 하셨다. 1998년 IMF 시절 아버지가 다니시던 회사의 부도 소식을 뉴스에서 접했던 그날도 아버지는 오늘과 똑같은 대답을 하셨다. 그러시고는 별일 아니라는 듯 큰 소리로 말씀하셨다.

"아빠는 별일 없어. 걱정하지 마. 여기 아니더라도 아빠 오라고 하는 데 많아."

뉴스에서는 매일 노숙자에 대해 다뤘고, 나는 혹시 우리 집도 갑자기 길에 나앉을까 두려웠다. 다행히도 아버지는 곧 일자리를 구하셨다. 그렇게 우리 집은 별일 없이 어려운 시절을 잘 이겨냈다.

요즘 나는 퇴근을 하면 제법 말을 잘하는 유치원생 아들과 대화를 하는데, 하루는 이런 대화를 했다.

"아빠는 오늘 회사에서 너무 힘들었어. 혼나기도 했고, 말도 안되는 일도 했어.""

"아빠 회사에서 매일 힘들면 어떡해? 그러면 안 돼. 안 되는 거야."

"그래도 돈을 벌려면 어쩔 수 없는 거야."

또 어느 날은 아들에게 이렇게 말했다.

"아빠가 힘들고 늦게 들어와도 회사에서 돈을 벌어야 우리 아들이 좋아하는 장난감을 사지."

"난 장난감이 많은 것보다 아빠가 회사 안 가고 나랑 같이 노는 것이 더 좋은데?"

"그래도 돈을 벌어야 우리 가족이 먹고살지."

그러던 어느 날 퇴근을 하자 아들이 나에게 먼저 이렇게 말을 걸었다.

"아빠, 난 오늘 유치원에서 힘들었어. 활동놀이도 피곤했고, 블럭놀이도 힘들었어."

"우리 아들이 많이 힘들었구나."

"그런데 유치원은 힘들어도 돈을 안 줘. 아빠는 회사에서 힘들면 돈 주는데."

그렇게 말하고 속상해하는 아들에게 무슨 대답을 할지 도무지 생각이 나지 않았다. 내가 무언가 잘못 살고 있다는 생각뿐이었다. 유치원생인 아들이 철없는 아빠에게 알려준 건 아빠가 알려주는 삶과 세상은 아들이 바라보는 삶과 세상에 그대로 반영된다는 것이었다.

'돈 버느라 힘들어.'

'돈 때문에 힘들어.'

내가 불평하는 순간 내 아이들은 '돈이 없어 힘든 상황'이 되어버렸다. 그래서 내 아버지는 항상 아무렇지 않게 매일 "별일 없다" 하시며 괜찮으셨나보다. 아버지는 정말 힘든 일도 없으시고 언제나 별일 없이 괜찮으신 줄 알았다. 아버지가 항상 별일 없이 괜찮길 바라셨던 것은 철없는 아들과 우리 집이었다.

6

자식이 부모에게 하는 말, 부모가 자식에게 듣는 말

"아빠는 왜 나한테 뭐라고 해? 그건 내 마음이야!"

카시트에 앉아 있는 첫째아들이 운전하는 내 뒤통수에 대고 소리
쳤다. 난 아무 대답도 하지 못한 채 운전대만 두 손으로 꼭 잡고 있
었다. 큰 소리를 내면서 과자를 먹고 바닥에 떨어뜨리면 안 된다고
한 것이 그렇게 엄한 가르침인 것인지, 아들의 반항이 시작되는 것
인지, 아니면 내가 아들에게 표현을 잘못한 것인지, 나는 이 상황
에서 아들에게 아빠가 속상하게 해서 미안하다고 해야 하는 것인
지, 어디 아빠한테 큰소리냐고 혼내야 하는 것인지 판단할 수 없
다. 그 순간 나는 운전대를 잡고 있었지만 차선도 없고, 이정표도
없고, 신호등도 없는 아무도 길을 가르쳐주지 않는 이 길에서 멍하
게 앞만 보고 달리고 있는 기분이었다.

"제가 알아서 할게요. 잘 알지도 못하면서 왜 그래요."

내가 살면서 아무렇지 않게 부모님께 뱉었던 말들이 다시 나의 가슴으로 날아온 그 순간에야 알 수 있었다. 그 말들이 부모님께 얼마나 큰 상처가 되었을지. 앞으로 내 자식이 나에게 이런 말을 더 많이 할수록 난 부모님께 이런 말을 못하게 될 것 같다. 내가 부모님 가슴에 박은 수많은 못들은 어쩌면 내가 내 가슴에 박고 있었던 것은 아닐까?

7

아빠의 일탈과 칫솔

올해 승진시험을 위해 비싼 돈 주고 신청한 인터넷 강의를 들어야 하지만 오늘은 늦게 퇴근했으니깐 괜찮다. 지하철에서 괜히 핸드폰을 뒤적이며 작은 화면에 두 눈을 쏟아 넣었더니 머리가 아프다. 집에 도착해서 재빠르게 샤워를 하고 두 아들에게 잠들기 전 책을 읽어줬다. 잠든 아들과 아내를 확인하고 이불 속에서 몰래 빠져 나와 혼자 캔맥주를 마시면서 음악을 듣는 이 시간이 좋다.

맥주를 마셨으니 이제 화장실에 가야 한다. 화장실에서 변기를 보다가 고개를 들었을 때 무심코 나와 눈이 마주친 네 가지 색깔의 칫솔. 그래 화장실까지 온 김에 이나 닦아야지. 그러고서 매일 꽂혀 있던 자리에서 뽑은 칫솔. 그런데 이 칫솔 내 칫솔 맞나? 아빠 칫솔, 엄마 칫솔, 첫째 칫솔, 둘째 칫솔 이렇게 항상 네 개가 가지런히 '있던 자리'에 있어서 내 칫솔이 무슨 색인지 어떤 종류인지 새삼스럽게 생각하려니 도대체 생각나지 않는다. 그냥 그 자리에 원래부터 있던 거니깐 내 칫솔 맞겠지?

내 감을 믿고 어쨌든 이를 닦았는데 왠지 찝찝한 이 느낌은 내 칫솔이 아니어서인가? 설마 내가 너무 더러워서 칫솔이 내 이의 더러움을 닦지 못하고 오히려 내 입속의 내 더러움을 칫솔에 묻혀버린 건 아니겠지? 아니면 혹시 내가 칫솔처럼 자기 역할을 잘하고 있지 못하는 것일까? 칫솔도 제자리에 없으면 이렇게 찝찝한데, 이불 속 아빠와 남편 자리에서 몰래 빠져 나와 아들 간식에 맥주 마시는 아빠는 찝찝하지 않은가? 그래 맥주도 다 마셨으니 이제 내 자리를 찾아서 이불 속으로 돌아가야지. 그래야 내일 또 출근을 하지.

8

두 아이에게 보내는 첫 번째 편지

행복의 재료가 되는 세 가지 요소 '관계', '시간', '소유'에 대해서 우리 아들들도 이해해주면 좋겠다는 생각에 편지를 쓰게 되었구나. 다 써놓고 보니 너무 길어서 이게 어린아이들에게 웬 아저씨 꼰대짓인가 싶어 짧게 요약했단다. 네가 더 커서 글씨를 읽게 되어도 이 아빠의 이야기라 이해가 안 될 수 있어. 그럴 때 굳이 읽어서 이해하지 않아도 마음으로 먼저 느낄 수 있게 엄마와 아빠가 먼저 실천하도록 약속할게.

첫 번째로 '관계'에 대해서 이야기해보마. 우리는 타인과의 관계의 맺고 끊음을 스스로 할 수 있다고 믿지만, 관계는 너와 나처럼 사람의 힘으로 어찌하기 힘든 거란다. 단, 관계의 발전과 후퇴는 사람의 힘으로 할 수 있으니 노력해야 해. 물질적인 목적으로 만들어진 관계는 아무리 발전하고자 노력해도 그 추구하는 목적이 없어지면 약해질 수 있으니 상처받지 말아야 한단다. 그런 관계보다 서로 상처받게 되었을 때 사슴처럼 서로 기대고 위로해줄 수 있는 관계가 정말 소중한 관계지. 물질로 이루어진 관계는 물질로 다시 맺을 수 있지만, 그렇지 않은 관계는 한 번 그 관계가 끊어지면 다시 맺을 수 없기 때문이야. 그래서 우리는 나에게 월급을 주는 사람이나 고객보다 마음을 열 수 있는 부모님, 형제, 자매 그리고 친구나 이러한 것들을 가르쳐주실 수 있는 삶의 선생님과 같은 분들께 더 잘해야 하는 거야.

두 번째는 '시간'이란다. 너의 시간은 이 세상에 나온 날부터 아름답게 시작되었단다. 하지만 시간은 무한하지 않고, 아무 이유 없이 항상 행복하지만은 않으며, 그 시간의 끝을 아무도 예측할 수 없지. 그래서 우린 언제 끝날지 모르는 이 시간 동안 행복하려고 노력을 해야 해. 우선 아프지 않아야 하고, 앞으로 힘든 시간이 있더라도 앞서 말한 대로 기댈 수 있는 관계를 통해서 행복해지려고 노력해야 해. 시간을 되돌리고 싶다는 이루어질 수 없는 슬픈 말을 하면서 살지는 말자. 슬퍼하고 후회하는 시간을 보내기에는 젊음이라는 시간이 생각보다 상당이 빨리 지나가기 때문이란다.

세 번째는 '소유'란다. 세상에 나와서 새로운 것을 보는 일이 많아질수록 점점 더 좋고 많은 것이 갖고 싶어지지. 텔레비전 광고에 나오는 장난감, 예쁜 옷, 1등 성적표, 돈, 좋은 집, 멋진 자동차 등등 세월이 갈수록 갖고 싶어지는 것의 액수가 커지고 종류도 많아진단다. 그런데 이러한 물질을 갖기 전에는 갖고 싶은 마음이 크지만 막상 갖고 나면 그 행복감이 생각했던 것보다 금방 사라져버린단다. 그래서 금방 사라지는 그 행복감을 채우기 위해 점점 더 많은 것들을 갈망하지만 그럴수록 소유로 인한 행복도 짧아지지. 그리고 많이 가질수록 네가 행복하기 위해서 남들에게 자랑을 하게 된다면 이것은 가지지 못한 자들에게는 행복의 반대인 불행으로 다가올 수 있단다. 시간이 지나서 회자된다면 촌스러운 사람이라고 손가락질 받을 거야.

우리는 물질적인 소유보다 아름다운 정신과 행복한 경험을 소유하도록 노력해보자. 아름다운 사진 찍기, 가슴 따뜻해지는 글 읽기, 새로운 풍경 맞이하기, 나보다 어려운 다른 사람을 도와서 같이 행복해지기 등 자랑해도 누구도 불행해지지 않고 같이 행복을 공유할 수 있는 경험을 소유하도록 하자. 이렇게 서로 도울 수 있는 관계가 있다면 우리의 짧은 삶에 행복한 시간이 올 기회가 많아지고, 돈으로 살 수 없는 것들을 소유하게 될 수도 있단다.

9

두 아이에게 보내는 두 번째 편지

세상살이 한 지 몇 년 되었다고 어린이집과 유치원을 마치고 학교라는 더 큰 사회생활을 하고 있는 우리 아들을 보면서 아빠와 엄마는 과연 옳은 삶을 살고 있는지, 너희들에게 어떤 모습과 환경을 보여줘야 옳은지 많은 고민을 하고 있어. 그래서 오늘은 그동안 아빠와 엄마가 너희들을 생각하면서 고민한 이야기를 해보고자 한단다.

옛날 중국에 맹자라는 성인이 있었는데 그 사람의 어머니는 자식을 위해 세 번이나 이사를 했대. 처음에 살던 곳은 공동묘지 근처였어. 이곳에서 어린 맹자는 상여꾼을 흉내냈단다. 그래서 맹자의 부모는 시장 근처로 이사를 갔어. 그런데 맹자가 조금 크더니 이곳에서는 시장의 장사꾼 흉내를 내지 뭐야. 맹자의 부모는 그 모습이 싫었는지 마지막으로 학교 근처로 이사를 갔대. 그랬더니 맹자가 공부를 하기 시작했다고 하더라. 그래서 그런지 좋은 교육환경이 자녀들에게 중요하다고 엄마와 아빠는 주변 사람들과 방송에서 귀가 따갑도록 듣고 있어. 우리나라도 학군이 좋은 동네가 사람들에게 인기가 좋단다.

그런데 아빠와 엄마는 맹자라는 사람이 학교 옆으로 이사를 가서 공부를 잘하는 성인이 되었다고 생각하지 않는단다. 그렇다면 맹자가 이사 오기 전부터 그 학교 앞에 살던, 태생부터 진골인 좋은 학군 출신의 친구들은 다들 맹자보다 훨씬 공부 잘하는 성인이 되었어야 하지 않겠니?

오히려 맹자는 학교에서 공부만 하는 모습만 보고 자란 것이 아니라 공동묘지에서 땀 흘려 일하는 치열한 노동자의 삶, 시장에서 흥정하고 사람들과 소통하는 상인들의 재주, 그런 다양한 모습들을 어린 시절부터 보고 느끼며 행동해보았기 때문에 학교에 들어가서도 본인만의 성공을 위한 공부가 아닌 전 인류를 위한 공부를 할 수 있었다고 생각한단다. 맹자가 그렇게 공부해서 찾은 것이 다른 사람의 어려움을 가엽게 여기고 도와주어야 한다는 측은지심惻隱之心이고, 이것이 세상의 모든 사람들은 태어날 때부터 남을 돕고자 하는 착한 마음씨가 있다는 이론으로 자리 잡게 되었단다.

엄마와 아빠도 이 마음을 잊지 않고 항상 다른 사람들의 어려움을 먼저 생각하면서 살도록 할게. 부모의 욕심으로 우리 아들의 삶과 우리 주위의 삶이 지나치게 치열해지거나 이기적으로 변하지 않도록 노력할게. 비록 우리 가족의 이러한 노력이 세상을 모두 바꿀 수는 없을지라도 우리 가족과 같은 사람들이 있음으로써 세상이 조금은 행복하게 살 만하다는 것을 보여주면서 살아보자.

10

두 아이에게 보내는 세 번째 편지

점점 커가는 너희들을 볼 때마다 항상 우리의 삶에 대해서 되돌아보게 되는구나. 부모가 행복해야 자식들이 행복하다는 사실을 매일 느끼고 있단다. 오늘은 우리가 행복하게 살기 위해서 슬기롭게 극복해야 하는 세 가지에 대해서 써볼까 해.

첫째, 화를 극복해야 된단다. 법륜스님께 들었던 재미있는 이야기를 하자면, 옛날 어느 한 스님이 부잣집 앞에서 목탁을 두드리며 계셨대. 그러자 그 집에 살던 부자가 스님이 자기 집 앞에 와서 구걸을 한다며 재수 없다고 화를 냈지. 화를 내던 부자에게 스님이 웃으면서 말했어.

"당신 집에는 손님이 찾아옵니까?"

부자는 대답했지

"당연하지! 난 부자니까 찾아오는 손님들도 많지."

스님과 부자의 대화는 계속되었어

"손님들이 선물을 가져왔는데 당신이 안 받으면 그 선물은 누구의 것인가요?"

"당연히 그 손님 것이지!"

"그럼 당신이 나에게 화를 내는데 내가 그 화를 안 받으면 그 화는 누구의 것이오?"

이렇게 되면 결국 화는 화를 내는 사람의 것이 되어서 화를 내는 사람에게만 안 좋은 영향을 끼치게 되지. 그런데 살다 보면 나 혼자 스스로 화를 내는 것이 아니라 남들에 의해서 화가 나거나 주변 분위기 때문에 화가 나는 경우가 참 많단다. 그럴수록 같이 화에 물들지 않고 웃을 수 있어야 삶이 덜 피곤하단다. 아빠 역시 회사를 다니면서 화를 내지 않는 것은 어려운 일이란다. 그래도 웃는 얼굴에 침을 뱉으면 결국 뱉은 사람이 나쁜 사람이 되는 것이 세상의 이치이니, 화내며 남의 얼굴에 침을 뱉는 사람보다 침을 맞더라도 웃을 수 있는 사람이 되자.

둘째, 두려움을 극복해야 한단다. 모두가 죽음을 두려워하는 이유는 죽음이라는 것은 언제 어떻게 누구에게 올지 알 수 없고, 죽음 이후에 일어날 일에 대해서 아무도 모르기 때문이야. 비슷한 예로 불을 뿜는 용은 두렵지만 불을 뿜는 가스레인지는 두려워하지 않는 것과 같은 것이지. 가스레인지는 불이 어떻게 나오고, 어디에 사용되는지 우리가 알고 있고 예측 가능하기 때문에 두렵지 않은 거란다. 그러나 용은 어디서 어떻게 온 것인지, 어떻게 용의 입에서 불이 나오는지, 그리고 용은 왜, 누구에게 불을 뿜는지 등 그 근원을 알 수 없기 때문에 사람들이 두려워하지. 그래서 우리는 삶의 두려움을 줄이기 위해서 어른이 되어서도 끊임없이 배워야 해. 그렇게 끊임없이 배우기 위해서는 나이가 들어도 누구에게나 겸손한 태도를 유지해야 하지. 다른 사람들을 하대하면 겸손함이 사라지고 배움이 끊기게 된단다. 그럴수록 무지가 그 자리를 차지하고, 마음속 두려움이 점점 커져서 겁 많은 강아지처럼 언제 어디에서나 누구에게나 큰 소리를 치는 사람이 되어버린단다.

마지막으로 극복해야 할 것은 나태와 게으름이야. '복권 1등 당첨되게 해주세요'라는 소원을 빌면서 가장 먼저 해야 할 일은 1등 복권이 잘 나오는 효험 있는 복권 판매소를 찾거나 아니면 복권 당첨 번호를 알려주는 신을 만나는 일이 아니란다. 가장 먼저 네가 해야 할 일은 바로 복권을 사는 거야. 복권을 사지도 않고 1등 하게 해달라고 기도부터 하는 것은 정말 게으르기 짝이 없는 행동이지. 즉, 기회를 먼저 만들어놓아야 한다는 거야. 기회는 움직이거나 사라지지 않는단다. 그래서 우리는 스스로 몸을 움직여서 기회를 찾아야 해. 열심히 움직였는데도 기회를 찾지 못했다면 그 기회는 원래 없었던 것이 아니라 우리보다 더 부지런한 다른 사람이 먼저 집어간 것임을 알아야 한단다. 그러므로 기회를 찾기 위해서 남들보다 더 빨리 부지런하게 움직여야 하지. 나태하게 방구석에 누워서 자신의 현실이 지옥 같다고 외치고 있다면, 너의 그런 외침을 이용하려는 사람들이 네 말이 맞다며 친한 척하면서 다가오게 될 거야. 그렇게 나태함은 타인이 너를 이용하게 하는 도구가 되며, 어떠한 기회와 행운도 너에게 주어지지 않는단다.

화, 두려움, 그리고 나태, 이렇게 세 가지를 잘 극복한다면 세상에 대한 불평, 고통, 가난보다 행복한 일이 많아지고, 우리 주위의 세상은 조금씩 더 아름다워지겠지. 어른인 엄마와 아빠 역시 이것을 모두 극복하고 실행하기는 어려운 일이야. 그래도 항상 마음속에 간직하고 노력하며 행복하게 살아보자.

11

괜찮다, 다들 그렇게 산다

"내가 이번에 차를 바꿨잖아."

부러웠다.

"내가 이번에 ○○로 이사를 갔잖아."

또 부러웠다.

"내가 얼마 전에 ○○로 해외여행을 다녀왔거든."

몹시 부러웠다.

"내가 이번에 성과급을 최고로 받고 조기승진까지 했어."

대단히 부러웠다.

주위 사람들을 만나서 이야기를 할수록, 그리고 페이스북이나 인스타그램을 볼수록 점점 더 우울해졌다. 동창들이 모여 있는 단체 카톡방에는 새로 산 물건을 자랑하는 사진들과 방금 먹은 고급스럽고 맛있어 보이는 음식 사진들이 연이어서 '카톡, 카톡' 하면서 올라온다. '나는 지금 무엇을 위해 살고 있는 것일까? 나는 지금 무엇을 하면서 살고 있는 것일까? 다들 잘나가는데 나는 왜 항상 이럴까?' 잠도 안 오고, 침대에 누워서 밤새 남의 사생활이나 들춰 보는 것도 지겹다. 그렇다고 휴대폰을 꺼놓고 멍하니 천장을 보고 있노라니 딱히 또 할 것이 없다. 이렇게 무의미한 밤이 지나고, 또다시 아침이 찾아왔다.

오늘은 나도 남들처럼 발전하고 성공하고 싶은 마음에 서점에 들러서 자기계발서를 샀다. '성공하는 사람들의 오만 가지 비밀', '회사에서 겁나게 성공하는 방법', '일 잘하는 사람들의 시크릿 비법'. 제목은 거창하지만 막상 열어보면 내용은 비슷했다. 매일 경제기사를 읽어야 하고, 아프지 않게 건강을 관리해야 하며, 자기 업무 능력 향상을 위해 끊임없이 노력해야 한단다. 지금 하는 일만 해도 당장 죽을 것 같은데 새벽 다섯 시에 일어나 영어학원이라도 가야 할 것 같다. 회사 책상에 홧김에 산 자기계발서를 무심하게 툭 던져놓고 구부정한 어깨에 거북목이 되어 모니터를 바라보다가 오늘도 별을 보며 터덜터덜 집에 가면서 생각한다. '아무래도 새벽 다섯 시에 일어나서 운동을 하거나 학원을 가는 것은 무리겠지?' 괜히 더 우울해진다. 애초부터 만오천 원짜리 책 한 권에 내가 바뀔 것이라고 생각한 내 자신이 바보였다.

　사람들은 대개 남들에게 자신의 좋은 것만 보여주고 싶어 하고, 좋은 것만 말하고 싶어 한다. 그렇게 자기 자랑을 하고 남들이 부러워할 때 어깨도 으쓱하지만, 그 모습을 보는 나는 조금 불편하다. 사실 세상 그 누구도 막상 집에 돌아오면 다른 이들과 크게 다를 바 없지 않는가 말이다. 유명 요리사의 레스토랑에서 비싼 밥을 먹는다고 우리의 분노가 더 가치 있게 변하거나 향기롭게 변하진 않는다. 호화롭고 넓은 집에 산다고 해서 그에 비례하여 그 가정이 나의 가정보다 더 행복하다는 보장은 없다. 조기 진급을 하고 성과급을 받았다고 해도 어차피 언제 잘릴지 모르는 직장인인 것은 똑같다.

　이 사실을 항상 마음속에 담아놓고 사람들의 모습을 보니 한결 마음이 가벼워졌다. 결국 살면서 나를 제일 힘들게 하는 것은 부러움을 느끼는 나 자신이었던 것이다. 나와 내 주위의 사람들을 포장하지 않고 있는 그대로의 존재로 한 발자국 정도 떨어져서 바라보면 마음이 편해진다. 그렇게 남의 시선과 남의 기준에 나를 맞추지 말고, 남이 나를 보듯 나도 나를 바라보면 나 자신도 그다지 나쁘지 않다. 괜찮다. 신경 안 써도 괜찮다. 나만 똥 싸면서 사는 것 아니다. 남들도 다 똑같다.

12

회사를 그만두고 행복을 찾아 혼자 떠난 날

"나 당분간 다녀올게. 미안해."

도망치고 싶었다. 회사에서 보내는 하루하루가 지옥처럼 힘들었다. 사람들은 원래 그렇게 버티면서 사는 것이라고 둘러댔다. 결국 사표를 던졌다. 그동안 쌓여온 답답한 마음을 풀기 위해 어디로든 떠나 혼자 있고 싶었다. 아내에게는 비행기 티켓을 보여주고, 아들에게는 엄마 말씀 잘 듣고 있으라고 말하고, 도망치듯 한국을 빠져나와 처음으로 도착한 곳은 싱가포르였다.

첫날부터 바보 같았다. 야간비행 후 새벽에 도착해서 마리나베이 근처 커피숍에 앉아있었다. 몽롱한 정신상태로 몇 시간을 보냈다. 현실 도피에 성공한 내 자신을 보면 기쁠 줄 알았는데, 지난 회사생활을 돌아보니 남들도 다 버티는 회사생활을 가장이라는 사람이 그것 하나 버티지 못하고 도망쳐 나온 것 같아 부끄러웠다. 그 수치심이 날 하루 만에 후회하게 만들었다. 전혀 예상치 못한 감정이었다. 이제 당장 어떻게 돈을 벌어야 할지부터 막막했다. 몇 년간 참아왔던 눈물이 터졌다. 오전 내내 자리에 앉아서 울었다. 오후에는 30도가 넘는 거리에서 얼굴이 따가워지도록 이유 없이 걸었고, 호텔방에 들어와서는 후회 뒤에 몰려오는 가족에 대한 미안한 마음으로 천장만 바라보면서 잠을 자지 못했다.

둘째 날 아침, 호텔 근처 오래된 작은 식당에서 흩어지는 쌀과 카레와 땀을 대충 비벼먹고 가장 멀리까지 갈 수 있는 버스를 타고 종점까지 갔다. 버스에서 내려 금방 부서질 것 같은 나무배를 탔다. 바짝 마른 노인이 힘겹게 운전하고 있었다. 이름도 모를 아무 섬에 들어갔다. 섬에서 날 반기는 주인 없는 개들을 뒤로한 채 혼자 밀림으로 들어가서 앉아있었다. 이렇게 아무도 날 모르고 혼자 있을 수 있는 곳에 있으면 마음이 평온해질 수 있을 것 같았다. 그때 나뭇잎을 밟는 소리를 내며 무섭게 가로질러가는 내 하반신만 한 파충류를 보고 혼자인 것이 무서워졌다. 몸이 피곤하고 마음이 외로우니 집에 돌아가고 싶어졌다.

앞으로 돈이 부족해질 수도 있겠다는 생각에 비싼 호텔 예약은 생각도 하지 못했고, 도망치듯 비행기를 타고 나오는 바람에 제대로 된 잠자리에서 잠을 잘 수도 없었다. 창문 없는 반지하의 호텔 방은 덥고 습했지만 셋째 날은 다행히 잠을 조금 잤다. 회사를 그만두기 전에는 다음 날 아침에 출근해야 할 회사가 지옥과 같아서 매일 밤 겨우 잠을 청했는데, 이틀 밤을 새우고 나니 나도 모르게 잠이 들었다. 이번에도 종착지를 알 수 없이 가장 멀리 가는 것처럼 보이는 버스를 탔고, 이 버스는 지나치게 멀리 가서 싱가포르 국경을 넘어서 말레이시아까지 갔다. 그곳에 내려서도 무작정 걸었다. 더위에 지쳐서 쓰러지겠다 싶을 때쯤 다행히 비가 내렸다. 거리는 흙탕물로 가득 찼다. 신발은 흙탕물이 엉겨붙고 젖어서 질퍽거렸다. 팔 없는 노인이 하염없이 나를 쫓아다니며 구걸을 했다. 난 결국 다시 버스를 타고 반지하의 창문이 없는 호텔로 돌아갔다.

호텔 주변에 도착해서 길에서 파는 꼬치구이를 먹었다. 수완 좋은 키 작은 털보 아저씨의 상술에 넘어가서 꼬치구이 50개를 쌓아놓았다. 하루 종일 아무것도 안 먹어서인지 많이 시켰음에도 산처럼 쌓인 꼬치구이를 보니 기분은 좋아졌다. 그러나 조금씩 배가 불러올수록 같이 저녁식사를 할 수 있는 가족이 그리워졌다. 술 한잔 같이하면서 입을 모아 회사 욕을 하던 친구와 동료들도 생각났다.

넷째 날, 심하게 침울해진 마음을 전환하기 위해서 놀이동산이 있는 관광지를 갔지만 굳이 들어가지 않았다. 가족과 친구들이 삼

삼오오 모여 있는 관광지에 혼자 무슨 재미로 가나 하는 생각이 들었다. 그리고 이제는 내 상황이 나 혼자 즐길 수 있는 나이가 아니라는 것을 느끼고 있었다. 결국 넷째 날도 홀로 바닷가에 앉아서 핸드폰에 저장되어 있는 가족사진만 보다가 영상통화를 걸었다. 힘없이 앉아있는 남편과 아빠의 얼굴을 보면서 웃으며 응원하는 아내와 아들의 모습에 또 다시 눈물이 흘렀다.

"아빠가 너무 미안해. 미안해."
작은 선물을 하나씩 샀다. 호텔로 돌아오자마자 바로 짐을 쌌다. 새벽같이 나와서 1등으로 수속하고 집에 가는 비행기를 탔다. 한국에서 급하게 빠져나올 때처럼 이번에는 반대로 한국으로 급하게 돌아가고 있었다. 물도 밥도 안 주는 저가항공을 끊은 탓에 세 시간 동안 갈증을 참다가 300밀리리터에 4달러나 하는 초호화 생수를 마시고, 이번의 짧은 도피를 평생 잊지 않기 위해 글을 쓴다. 여보, 아들들아, 아빠 빨리 돌아갈게.

13

힘들어도 회사를 다니는 이유

"넌 매일 힘들다 힘들다 하면서 회사는 왜 다니냐?"

사장부터 사원까지 회사원이라면 단 한 명도 힘들지 않은 사람이 없다. 그런데 힘들다고 하면서도 막상 회사를 떠나지는 못한다. 두렵기 때문이다. 그것은 마치 살아있으면서 죽음 이후의 세계를 두려워하는 것과 같다. 가보지 않은 길은 두렵다. 힘들어 죽겠네 하고 말하는 그 순간에도 우리는 죽지 않고 살아있으며, 죽음을 두려워하면서도 죽겠다며 살아간다.

회사를 떠나자 그날부터 나는 대기업의 무슨 팀 과장이 아니라 그냥 인간 조씨가 되었다. 내가 뭘 잘하는지, 어떤 일을 하는지 아무도 나에게 신경 쓰지 않았다. 출근이라는 정답이 없기에 내가 내일 무슨 일을 할지 예측할 수가 없었다. 그만큼 예측 불가능한 사람이 되었고, 사회에서 점점 불확실한 존재가 된 탓에 대출이자가 올랐다. 의료보험료도 직접 납부해야 했다. 내가 불편하다고 투덜거렸던 정장과 사원증은 사실 날 편하게 지켜주는 방패와 창과 같은 존재였다.

　회사를 떠나 나만의 일을 할 때의 경험이다. 그동안 회사에서 배운 일을 토대로 나름 사업계획을 세운 뒤 퇴사를 했다. 그러나 회사에서 수없이 해왔던 일을 이제는 인간 조씨가 혼자 해야만 했다. 내가 떠난 거대한 회사에서 혼자 서있는 나를 보게 된다고 생각해보니 나는 이제 보이지도 않을 영세한 업체 중 하나일 뿐이었다. 회사에서 일하듯이 거래처에 일을 맡기거나 도움을 청할 수도 없었다. 다른 업체를 부르면 나에게 남는 것이 없었기 때문이다. 날 매일 괴롭히는 것만 같았던 팀원들의 도움을 받을 수도 없었고, 지인에게 도와달라고 하는 것도 하루이틀이었다. 모르는 것이 있으면 인터넷의 불확실한 정보를 믿어야 했고, 평소에 꼰대 같았던 상사에게 물어볼 수도 없었다. 회사에서는 반나절이면 뚝딱 했을 일들이 누구의 도움도 없이 혼자 하다 보니 몇날 며칠이 더 걸렸다. 더욱 힘들었던 것은 힘들게 일하고 혼자 순댓국을 먹을 때 나의 업무에 대해서 공감해줄 수 있는 동료가 없었다는 것이다.

　도움을 받거나 관련 정보를 얻기 위해서라도 어떻게든 비슷한 사람들을 만나야 했다. 회사에 다닐 때는 다른 팀에 찾아가서 아쉬운 소리 하면서 같이 점심이라도 먹으면 사람을 만날 수 있었다. 혼자 일하면서 사람을 만나기 위해서는 인터넷 카페를 뒤지거나 지인의 소개를 받아야 했다. 그러나 대기업 ○○팀의 조차장이 아닌 그냥 조씨는 사람을 만나기도, 소개 받기도 쉽지 않았다. 그렇게 사람을 만나기 위해서 겨우 찾아낸 인터넷 카페를 통해 모인 사람들과의 대화는 서로 평행선을 그리듯이 다른 이야기만 했다. 어느 정도 비슷한 사람들이 회사에 모여 열 마디를 했을 때 일곱 마디 정도를 서로 이해했다면, 회사 밖에서 만난 너무나도 다른 사람들과의 이야기는 열 마디 중 한두 마디도 서로 이해하기 힘들었다. 서로의 힘듦을 호소하거나 스스로의 성공에 도취한 이야기뿐이었다. 대화는 발전이 없었으며 답답했다. 결코 세상 사람들은 나에게 친절하지 않았고, 그나마 친절하거나 말이 통하는 사람들은 나에게 마지막으로 조금 남아있는 통장 속 퇴직금을 갖고 싶어 하는 사람들뿐이었다.

회사가 없으면 내 자리도 없기 때문에 주로 커피숍이나 도서관을 전전했고, 계속 바뀌는 환경에 몸의 피로도가 상당했다. 회사 다닐 때 그렇게 답답하고 가기 싫었던 사무실을 구하려고 해도 생각보다 비쌌고 환경은 열악했다. 화장실에서는 찬물밖에 나오지 않았다. 휴지도 없었다. 청소조차 내가 스스로 해야만 했다. 회사에서는 분업화된 각자의 업무를 하고, 결재를 받으면서도 윗사람들이 틀린 부분을 체에 거르듯이 걸러주지만, 여긴 모든 일의 역할과 책임의 처음과 끝이 모두 나에게 있었다. 혹시라도 내가 잘못하면 돌이킬 수 없을 뿐만 아니라 돈을 아예 못 벌 수도 있다는 생각에 부담감이 엄청났다. 체력적으로나 심적으로나 피로도가 더 높아져서 휴가는 생각조차 할 수 없었으며, 집에 가져오는 돈은 들쑥날쑥이었다. 계획적인 소비가 어렵고 언제 얼마가 들어올지 모르는 수입에 매시간 매일이 불안했다.

"아버지는 혹은 댁의 아드님은 뭐하는 사람이에요?"라는 질문에 "그냥 회사 다녀요"라는 쉬운 답변을 할 수 없었다. 회사명과 부서를 말하면 사람들이 어느 정도 나를 알 수 있을 정도로 무언가 쉽게 나를 설명할 수 있는 것이 없었다. 그리고 안정적이지 않은 나의 상황을 반영하듯이 다른 사람들을 만날 때 주저리주저리 쓸데없는 말이 점차 많아졌다.

회사원들은 회사 가기 싫다며 퇴사를 갈망하지만 그것은 가보지 못한 세계의 동경에 가깝다. 나 역시도 내가 하고 싶은 일 하겠다고 퇴사했지만 내가 평소에 하고 싶었던 일도 결국 돈과 연계되니 금세 하기 싫어졌다. 극심한 외로움과 답답함을 이기지 못하고 다시 회사로 돌아갔다. 이렇게 결국 앞으로도 계속 회사를 다닐 것 같다. 회사는 이 모든 근심과 걱정이 필요 없는 정말 좋은 곳이기 때문이다.

　회사를 다니기 싫을 때는 연차를 내고 그날 하루는 어느 회사 무슨 팀의 대리, 과장 혹은 팀장이 아닌 오롯이 당신 혼자인 개인으로서의 한 명이 되어보자. 그리고 회사의 도움을 전혀 받지 않고 혼자 돈을 벌 수 있는 일을 해보자. 공사장 막일, 대리운전, 택배 상하차, 식당 서빙 등 하루 동안 일해서 일당을 벌 수 있는 어떠한 일이라도 좋다. 회사의 도움 없이 하는 일에 대해서 대가를 지불할 수 있는 상대가 있는지도 찾아보자. 이렇게 며칠 동안 회사에서와는 다른 일과 다른 경험을 해본다면 지금의 회사가 얼마나 좋은지 뼈저리게 느끼게 될 것이다. 이것은 실제 경험담이며 진실이다.

그들은 어떻게 일에서

행복을 찾았을까?

6장

1

"아침에 지각했을 때
회사에서 전화 오면 행복한 거래"

H대학병원 중환자실 한간호사님

"아프지 않다는 것 하나만으로도 충분히 행복해. 중환자실에서 보면 상상도 못 할 사고로 입원하는 사람이 많아. 회복하기 어려운 상태로 죽음을 기다리는 사람도 있지. 그래서 나에게 행복이란 단순히 아프지 않고 살아있다는 거야. 우리가 매순간 숨 쉬는 공기를 생각해봐. 평소에는 있는지 없는지 느낄 수 없지만 조금이라도 안 좋아지면 숨이 막히면서 비로소 그 존재를 알아차리게 되잖아.

결국 아프지 않다는 데서 오는 행복을 느끼기 위해서는 아파야 하는 건지도 몰라. 몸이 아프면 사람들은 그동안 모아둔 돈과 쌓아놓은 명예 같은 물질적인 모든 것을 잃게 돼. 돈? 명예? 그런 것들 생각조차 할 겨를이 없지. 그보다 더 슬픈 것은 내 주위의 소중한 사람들도 내가 아프게 되면서 같이 힘들어진다는 거야. 지금 내 삶이 너무 바빠서 힘들다고 느껴질 때, 바쁘고 힘들 수 있는 것도 아프지 않기 때문이라는 사실에 감사해야 해."

생활용품 전문업체 Y사 영업팀 김과장님

"회사에서 나만 열심히 일하고 다른 사람들이 놀고 있으면 화나지 않냐구요? 그럴 땐 파레토의 법칙을 회사생활에도 적용해보면 마음이 편해져요. 상위 20퍼센트의 매출을 차지하는 베스트셀러 상품이 전체 매출액의 80퍼센트를 차지한다는 것이 파레토의 법칙이죠.

판매하는 상품뿐만 아니라 회사에서 일하는 사람도 마찬가지예요. 상위 20퍼센트의 열정적인 사람들이 회사 전체 매출액의 80퍼센트를 내고 있는 것이지요. 내가 일이 많은 상황에서는 돈 때문에 일한다고 생각하지 말고 이 일을 통해서 배운다고 생각하면 좋아요. 내가 상위 20퍼센트로 열심히 일하고 있다면 나머지 80퍼센트의 사람들보다 더 많은 것을 회사에서 배우고 있는 셈이거든요.

주변을 신경 쓰고 힘들어할 그 시간에 내가 지향하는 목표나 꿈에만 신경 쓰게 된다면 당연히 20퍼센트의 사람이 될 수 있고, 더 나아가 20퍼센트 안에서도 2퍼센트의 사람이 될 수 있을 것이라고 생각해요."

부동산 개발회사 S사 최이사님

"남들 일할 때 나만 논다고 생각하면 그때 제일 행복해, 하하하. 임원이면 사무실에 앉아서 아랫사람들 눈치나 주면서 있으면 안 된다고 생각해. 외부에서 계속 새로운 사람들을 만나 새로운 사업을 가져와야지. 모든 사업은 실력도 중요하지만 사람들이 하는 일이라서 인연이 더 중요하거든.

사실 사람을 만나는 것이 일이라고 생각하면 일인데 일이 아니라고 생각하면 일이 아니야. 난 사람을 처음 만나고, 골프 치고, 술도 마시는 것이 일처럼 어렵게 느껴지지 않고 그냥 노는 것 같아. 그렇게 살아왔고, 성격이 이상한 건지 이런 일이 재밌어. 그런데 내가 만약 사람 만나는 것을 불편해하잖아? 그럼 상대방도 나를 불편해해. 사람 만나는 것 자체가 본인의 생각에 따라서 행복하고 즐거운 일이 될 수 있어. 그렇게 생각하고 일하면 자연스럽게 좋은 인연들이 생기게 되지."

종합건설업 G사 재무팀 전차장님

"회사에서 느끼는 감정과 내 삶의 감정을 철저하게 분리해야 돼. 회사와 나를 분리해야 하는 것이 포인트지. 그게 말은 쉬워 보이지만 정말 잘 안 되는 일이야. 주임, 대리 시절 아니 과장 때까지 매일 술자리 불려 다니고, 다시 회사로 와서 철야하고, 주말에는 당연히 나와서 일했어. 그래서인지 회사에서 감정 컨트롤이 제대로 안 되고 화를 많이 냈던 것 같아. 대리 시절에 하루는 회사일로 화가 많이 나 있었어. 그래서 화를 내면서 점심을 먹다가 실수로 젓가락을 씹었는데, 그날 앞이빨이 부러져버렸지. 이거 봐, 내 앞이빨은 부러져서 지금도 이렇게 깨져 있어. 그런데 그때 왜 화가 났었는지 아니? 우습게도 왜 화가 났었는지 기억이 안 나.

회사의 삶과 본인의 삶은 분리되어야 해. 너무 몰입해서 자기 삶이 앞이빨처럼 부러져버린다면 결국 손해를 보는 것은 나 자신이기 때문이지."

디자인 전문회사 ㅣ사 류디자이너님

"인생의 목표를 길게 잡아봐. 그럼 행복해. 수많은 회사원들이 자신의 삶의 목표를 연봉을 올려서 결국 돈을 많이 버는 것으로 생각하지. 비단 회사원뿐만 아니라 대부분의 사람들이 당장 눈앞에 보이는 이득인 돈을 많이 벌고 싶어 해. 그래서 당장의 그 목표를 달성하기 위해 매주 로또를 사기도 하는 것 같아. 그런데 아쉽게도 돈을 많이 벌고자 하는 목표는 로또가 아닌 이상 빨리 달성될 수가 없거든. 돈을 벌고자 하는 목표를 빨리 성취하고 싶어서 안달이 나면 결국 사기를 치거나, 도둑이 되거나, 그런 용기가 없다면 주식이나 도박에 손을 대서 지금 가지고 있던 작은 행복까지 잃게 되는 거야.

내 목표는 70살이 되면 친구들이랑 게스트하우스를 여는 거야. 해외의 다양한 사람들을 만나 같이 맥주 한잔하면서 나와 다른 삶에 대한 재미있는 이야기들을 들으면서 늙는 것이 꿈이야. 그 목표를 달성하기 위해서 지금 시점의 나는 아직 시간이 있으니 조금 돌아가도 큰 지장이 없지. 70살까지는 아직 많이 남아있고, 그동안 다른 행복을 충분히 느끼면서 한 걸음씩 가면 되니까.

먼저 돈을 벌고 나중에 그 돈으로 하고 싶은 것을 하면서 행복하게 살겠다는 욕심은 욕심일 뿐이야. 행복은 돈처럼 저금할 수 있는 것이 아니기 때문이지. 또한 나중에 하고 싶은 것에 대한 목표나 꿈도 없이 우선 돈만 많이 벌면 된다는 생각은 오히려 너를 더 지치게 할 수 있어. 먼 미래에 있을 나만의 행복한 꿈을 갖고 현재를 산다면 돈을 버는 지금의 과정도 조금 더 행복해질 수 있지."

H은행 박차장님

"아침에 지각했을 때 회사에서 전화 오면 행복한 거래. 창구에서 일하다 보면 매일 여러 종류의 직업을 가진 다양한 연령대의 사람을 많이 만나게 되거든. 그런데 직업 특성상 돈을 주제로 이야기를 하다 보면 아무리 다양한 사람들이라도 대부분 느끼는 고민이 비슷비슷해. 뭐 결국 어떻게 하면 돈을 더 많이 벌까 이런 고민이지. 매일 똑같은 돈과 관련된 이야기가 지겨워서 하루는 나한테 찾아오는 모든 고객분들께 색다른 질문을 해봤어. 요즘 많이 힘들어 보이시는데 뭐가 제일 힘드시냐고 물어봤지. 그런데 재밌었던 것은 이 질문에 대한 답변은 의외로 연령대별로 달랐다는 거야. 10대 학생들은 성적이 잘 안 올라서 원하는 대학에 가지 못할까봐 힘들어했고, 20대는 대학은 들어갔지만 쉽게 오르지 않는 토익성적과 학점 그리고 취업이 걱정이었지. 30대는 회사생활이 힘들어서 고민이었고, 그렇게 회사에서 돈을 벌면서 결혼을 해야 한다거나 내 집을 장만해야 하는 사실에 힘들어했어. 40대는 자식 걱정과 재테크 그리고 언제 해고 당할지 모르는 불안한 직장생활이 힘들게 했고, 50대는 은퇴 이후의 삶과 점점 안 좋아지는 건강이 제일 문제이고 힘들다고 했지. 그중 가장 인상 깊었던 것은 연세가 여든 정도 되신 한 할아버지의 대답이었어. 그 할아버지는 더 이상 자신을 찾아주는 사람이 없는 게 가장 힘들다고 하시더라. 가족도, 친구들도 이미 떠났고, 직장과 동료들까지 사라지면 지독한 외로움이 찾아올까봐 그것이 본인을 제일 힘들게 한다고 하셨지. 그러면서 나에게 말씀하셨어. 젊은 나이에 나를 귀찮게 했던 모든 것들이 나이가 들면 얼마나 그리운지 알게 될 거라고. 아침에 지각하면 회사에서 전화 올 때가 정말 가장 행복한 때라고."

2

"니 인생도 니 생각도 니 꺼다 임마"

그린바이오기업 F사 박연구원님

"네가 회사 사람들에게 기대할수록 회사생활이 힘들어져. 난 내가 회사 사람들한테 잘한다고 생각했거든. 상사가 무언가 요청하면 진짜 최대한 빨리 해서 보고하고, 이해관계가 없는 사람들이 무언가를 부탁해도 그 사람과의 관계를 생각해서 무엇이든지 다 해줬던 것 같아. 그런데 내가 남들한테 그렇게 행동하고 또 내가 남들한테 잘한다고 생각할수록 나도 모르게 남들도 나처럼 해주길 기대하게 되고, 그 기대가 어긋날수록 실망을 많이 하게 되었어. 그런 일이 반복될수록 점차 사람과의 만남이 어려워지더라.

예를 들면 학창시절에는 70에서 80퍼센트의 확률로 열심히 노력하면 성적이 오르지. 직장생활에서는 50에서 60퍼센트의 확률로 열심히 노력하면 진급을 하거나 연봉이 올라. 그런데 인간관계는 본인이 아무리 노력을 해도 학교와 직장처럼 높은 확률로 성공한 결과가 나오지 않아. 왜냐하면 사람들은 서로 추구하는 목표와 좋아하는 것이 다르기 때문이다.

나 혼자 열심히 하는 노력은 인간관계에서 좋은 결과를 얻기 힘들지. 특히 회사에서 '난 너와 달라' 혹은 '난 이건 좋아하고, 이건 싫어해'라는 말로 명확히 물어보거나 대답을 하면 서로 상처가 되기 때문에 이런 식의 대화를 하는 것도 힘들지. 그래서 다른 사람의 마음을 알기 전에 혼자서 노력하는 인간관계는 오히려 역효과를 낼 수도 있어. 노력에 대한 결과가 안 하느니만 못한 상황이 될 수 있는 것이지. 물론 인간관계에 공을 들이면 예상치 않게 저 멀리에서 바라보던 전혀 생각하지도 못한 사람이 다가오는 경우도 있어. 그런데 그런 확률이 현실에서는 많지 않지. 행복한 관계는 '내가 너한테 해준 것이 얼만데?'라는 생각을 스스로 버리는 것에 서부터 시작되는 거야."

기업평가 전문회사 K사 우차장님

"회사 다닐 때가 제일 행복한 거야. 회사에 법과 규정이 있는 건 다 널 위해서야. 내가 처음 취업을 했을 때 난 남들이 모두 다니고 싶어 하는 대기업을 들어갔어. 그때는 성공했다고 생각했지. 그렇게 첫 회사에서 능력을 인정받아 남들보다 승진도 빨랐고 탄탄대로를 걷고 있었어. 그런데도 나는 내가 회사의 틀에 얽매여서 더 큰 능력을 발휘하지 못하고 있다고 생각했지. 그렇게 서른 살 대리가 되던 해, 기다렸다는 듯이 회사에 사표를 던지고 내 사업을 하겠다며 인도네시아로 떠났어. 퇴사하기 전 회사에서 같이 일했던 거래선과 지인들이 있었기 때문에 이것을 활용하면 나 혼자서도 충분히 성공할 수 있을 것 같았거든. 오지에서 죽을 고비도 넘기면서 정말 열심히 했는데, 그렇게 2년 정도 사업을 하고 다시 평범한 회사원으로 돌아왔지.

결국 회사에 돌아온 이유는 그렇게 내가 싫어했던 회사의 틀에 들어오기 위해서였어. 회사에서 법률과 규정 때문에 답답하고 힘들지? 근데 회사라는 곳을 벗어나서 내가 가지고 있는 회사의 타이틀을 내려놓는 순간 법도 규정도 없는 사람들이 죽기 살기로 덤비더라. 생각해보면 회사에서 날 도와주었던 사람들은 나를 도와준 것이 아니라 내가 몸담고 있는 회사를 도와준 것이었어. 난 그런 현실을 몰랐던 거지. 회사라는 울타리에서 벗어나는 순간 전 세계에 있는 야수들이 널 뜯어먹기 위해서 달려드는 그 느낌을 아니? 사람이라면 누구에게나 삶이란 생존이 걸린 문제거든. 그래서 회사를 벗어나는 순간 생존이 걸린 문제로 너한테 달려들게 된단다. 지금 너의 삶은 회사가 만들어준 온실 속에 있으니까 그 온실 속에서 답답해할 것이 아니라 감사한 마음으로 다녀야 돼."

보험 콘텐츠 스타트업 F사 김대표님

"크게 걱정하지 않아도 다 살아진다. 그냥 하면 되지 않겠나? 사는 거 너무 걱정 마라. 어떻게 살아도 다 된다. 어느 상황에서든지 남들이 잘 안 하는 것을 남들보다 조금만 더 열심히 하면 누구나 될 수 있는 기다. 니 회사생활 걱정되면서 회사 다니기 힘들제? 뭐든지 부딪혀보면 니가 하는 걱정만큼은 아니다. 해봐라. 다 된다. 지금 니 앞에 있는 일들을 그거 일 하나만 단순하게 생각하고, 걱정할 시간에 생각한 대로 실천하며 사는 삶이 행복으로 가는 가장 빠른 길이다.

니 항상 일하고 나서 밤새 고민하고, 며칠 뒤에 남들이 뭐라고 할까 또 걱정한다고 했제? 다 필요 없다 마. 니 주위의 사람들 니가 생각하는 것처럼 니 신경 안 쓴데이. 신경 쓰지 마라. 니 인생도 니 생각도 니 꺼다 임마."

프롭테크회사 Y사 엄본부장님

"너의 행복은 네 스스로 스트레스를 얼마만큼 버티느냐에 달려 있어. 한 회사의 경영자라면 창의적인 마인드, 프런티어 정신, 패기나 열정 같은 것들이 있어야 한다고 말할 수도 있겠지. 그런데 회사에서 일을 하면서 오랜 기간 살아남기 위해서 제일 중요한 것은 네가 먼저 너 자신을 알고 마음을 다스릴 줄 아는 거야. 한 회사를 경영하는 사람뿐만 아니라 조직원들이 아무리 창의력과 도전정신이 뛰어나다고 해도 막상 계약과 같은 실행을 하는 테이블 앞에 앉았는데 본인의 마음이 정리가 안 되고 불안하다면 쉽게 어떤 결정을 할 수 있을까? 그리고 한 구성원이 회사에서 성과를 많이 내고 월급을 많이 받는다고 해도 그 사람 스스로가 스트레스를 통제하지 못해서 건강을 해치고 있다면 그것이 조직과 개인에게 좋은 영향을 미칠까? 스트레스를 통제하지 못하면 언젠가는 폭발하게 되어 있거든.

사소한 일을 잘하지 못하는 사람은 큰일도 할 수 없어. 그래서 작은 것부터 오래 잘해야 큰일도 시작할 수 있는 거야. 내면을 먼저 다스려야 나라를 다스릴 수 있다는 옛말이 있듯이 네가 편안한 마음가짐으로 잘 버티고 있어야 회사가 잘되는 거야. 회사 경영뿐만 아니라 인생은 빨리 달리기가 아니라 오래 달리기다. 빨리 달릴수록 숨이 가빠서 오래 달릴 수 없다는 것을 꼭 명심해."

여행 서비스회사 I여행사 박대표님

"용서를 하면 마음이 편해지고 좋습니다. 사람의 기쁨과 행복이 모두 마음먹기에 달려 있습니다. 누구나 쉽게 할 수 있는 말처럼 들리지요. 그런데 이 쉬운 말을 실천할 수 있는 사람은 '누구나'가 아닌 '특별한' 사람입니다. 저 역시 용서라는 마음을 먹기까지 아주 힘든 시절을 보냈어요. 사업을 하다 보면 열심히 일해도 잘되지 않는 경우가 많죠. 회사 업무는 잘되지 않아도 월급이 나오지만 사업은 한 달 중 며칠만 잘되지 않아도 제가 가져가는 월급이 없는 경우도 많죠.

저도 여행사를 하기 전에 직장생활을 했고, 그 시절에 만난 분들과 퇴사를 하고 여행사를 차렸어요. 당시에는 잘해보려고 참 열심히 했는데 믿었던 동업자가 자본금을 들고 잠적하는 바람에 모든 것을 잃고 혼자 남겨지게 되었습니다. 돈도 중요했지만 그동안 투입된 시간이 아깝고 나를 믿고 따라왔던 사람들에게 너무나도 죄송했어요. 사기를 친 동료가 너무 밉고 원망스러워서 몇 달간 마음을 추스를 수 없었지요. 그 분노와 억울함은 제 표정에 고스란히 나타나게 되었고, 저를 찾아주신 고객분들도 저의 표정을 읽으셨는지 여행사 일도 점차 어려워졌죠.

그렇게 제 사업이 점차 기울어져서 완전히 고꾸라질 때쯤 힘들게 깨우치게 된 것이 '용서'입니다. 고객이 여행사를 운영하는 저를 찾아주시는 이유는 행복한 기억을 만들기 위해서인데 저는 고객의 그 마음을 만족시켜드리지 못했기 때문에 상황이 점차 어려워지고 있었던 것이죠. 제 마음을 다스리지 못할수록 고객을 잃게 되는 것이었죠.

결국 고객들에게 행복한 기억을 만들어드리기 위해서는 제가 먼저 행복해야 했고, 그러기 위해서 제가 우선적으로 가져야 할 마음가짐이 바로 용서였습니다. 용서한다는 것이 쉽지 않더군요. 그럴 때마다 아침에 일어나서 108번 절을 하면서 마음을 다잡았습니다.

용서를 미루는 것은 제 행복을 미루는 것과 같습니다. 용서를 할수록 내가 행복해지고 주위 사람도 행복해지며 사업도 다시 활기를 찾게 된다는 것을 알게 되었고, 용서 덕분에 사업도 다시 활기를 찾게 되었습니다."

"뭘 하고 싶은지
계속 고민하고 경험하고 배워야 해"

S회계법인 조회계사님

"무언가 한 가지에 몰입했을 때 내 일에 만족하고 행복을 느껴. 난 지금의 직업과 내 성향이 다행히 잘 맞아떨어지는 것 같아. 사람의 특성이 쉽게 변하지 않기 때문에 나에게 맞는 회사와 직종을 선택하는 것이 좋지. 회계사라는 직업 특성상 밤새워 숫자와 씨름하고 분석하는 것이 무료해 보일 수도 있는데, 한곳에 집중을 하고 나면 오히려 다른 걱정이 사라지는 경우도 많거든.

숫자를 보고 있으면 그 회사가 보이고, 그 안에서 그동안 어떠한 경영이 이루어졌는지를 알 수 있어. 잘 모르는 사람들은 단순히 숫자만 보는 걸로 생각하겠지만, 그 숫자 안에는 그들만의 히스토리가 있는 것이지. 그것을 알아가는 과정이 재미있어. 그리고 그렇게 비슷한 사람들끼리 모여서 공부를 하는 것처럼 일을 하는 것도 나쁘지 않은 일이지. 자신이 잘하는 일을 직업으로 삼고, 그 일이 재밌어서 즐겁게 몰입할 때 스스로 계속 발전하는 긍정적인 선순환이 일어날 수 있어."

선박제조업체 S사 인사팀 최팀장님

"왔어요? 요즘 힘든 거 있어요? 사람 만날 때마다 매번 힘든지를 물어보는 것이 제 일이에요. 제가 생각하는 인사팀은 그래요. 우리 회사의 직원들 이야기도 듣고, 고민이 있으면 어떻게 풀어볼까 고민도 하는 자리죠. 저 역시 업무에 바쁘고 야근도 많이 해서 힘들어요. 그래도 인사팀을 찾아온 사람들한테는 항상 잘 대해주고 많이 들으려고 해요. 왜냐하면 인사팀에 찾아온다는 것은 그만큼 현재 있는 부서에서 힘들어서 그런 것이거든요.

저도 몇 년 전 대리 시절에 회사생활이 너무 힘들어서 사표를 내고 다른 회사로 이직을 했어요. 그런데 제가 생각했던 인사팀의 역할이 모든 회사가 똑같지는 않더라구요. 저는 직원들과 대화하고, 고충을 해결하려고 같이 노력하고, 그래서 그 직원이 다시 회사에 잘 적응해서 계속 마음을 잡고 다니는 것을 보는 것이 좋았거든요.

인사팀 직원 중에는 사람 만나는 것을 좋아하지 않는 사람들도 있어요. 파티션에 숨어서 개개인의 특성을 반영하지 않은 채 숫자와 키보드로만 사람을 평가하거나, 인사고과를 무기로 직원들에게

겁을 주거나, 직원 개인의 발전보다는 회사의 발전과 미래만 홍보
하죠. 상사에게는 일을 잘하는 사람으로 보일 수 있겠지만 다른 직
원들이 그 인사팀 직원의 행동을 보면서 회사에 느끼는 감정은 어
떨까요? 직원들이 답답할 때 편하게 이야기할 수 있는 상대가 인
사팀이어야 한다고 생각해요. 그렇게 든든한 지원군이 회사에 있
다는 것 자체만으로도 회사생활에 큰 힘이 되지 않을까 싶어요. 제
가 힘이 될 수 있는 사람이라는 것이 회사에게도 직원들에게도 그
리고 저한테도 맞는 역할인 것 같아요."

정부기관 7급 공무원 정주무관님

"저는 다른 사람들에 비해 머리가 안 좋아서 남들보다 단 한 시간
이라도 더 노력하려고 합니다. 어떻게 보면 제가 살아남는 방식은
노력에 있었던 것 같습니다. 학창시절부터 공부를 잘하기 위해서
는 다른 친구들보다 한 시간이라도 더 공부한다는 생각으로 책을
보았습니다. 제가 저에 대해서 알고 있는 사실은 제가 남들처럼 살
기 위해서는 남들보다 더 노력해야 한다는 것입니다. 대학생 시절
때도 마찬가지였습니다. 남들처럼 학점을 받기 위해서 저는 수업
시작 30분 전에 미리 예습을 했고, 수업이 끝나자마자 30분 동안은
복습한다는 생각으로 공부했습니다. 그런 습관들이 모여서 제가
지금 이 자리에서 일을 할 수 있게 해준 것 같습니다.

살면서 나 자신의 부족한 부분을 알고 인정을 하는 것은 어려운

일입니다. 그 부족함을 알고, 시키지 않아도 스스로 노력하는 것은 더욱 어려운 일이라고 생각합니다. 내가 남들보다 부족한 부분을 인정하고, 그 부분을 채워나가는 노력을 하는 것이 남들처럼 행복하게 사는 방법이 아닐까요?"

정보통신회사 K사 기획팀 임과장님

"행복하게 살기 위해서는 계속 고민하고 배워야 해. 다른 사람이 언제 행복한지 물어보기 전에 네가 언제 행복한지 진지하게 고민은 해봤니? 정말 행복하게 하고 싶은 것을 해보려면 뭘 하고 싶은지 계속 고민하고 경험하고 배워야 해. 예를 들어 네가 그림도 그리고 싶고, 영어도 잘하고 싶고, 여행도 가고 싶다면 이 중에서 어떤 것이 널 가장 행복하게 하는지 고민해봐야겠지. 그리고 그림이든 영어든 여행이든 네가 경험하고 배워야 행복을 느낄 수 있는 거야. 네가 만약 여행할 때 제일 행복할 것 같다고 생각하고, 인터넷 검색조차 해보지 않은 백지상태에서 처음 가보는 나라로 여행을 간다면 몸만 고생하고 행복할 수 없겠지. 왜냐하면 여행이라는 단어는 즐거워 보이지만 어디에 멋있는 풍경이 있는지, 근사한 유적지가 있는지 전혀 알 수 없기 때문이야.

회사에서 일을 하면서 행복을 느끼기 위해서도 마찬가지야. 여행과 비슷하지. 물론 회사 업무를 여행처럼 내가 좋아하는 일만 골라서 하기는 쉽지 않지만 그래도 여러 가지 일을 해보고 배워봐야 네가 그중에 어떠한 일이 맞는지를 알 수 있는 거란다. 그렇게 스스로 자신이 하는 업무에 대해 실제 고민을 하거나 유사한 경험조차 해보지 않은 상태에서 남들이 좋다고 하는 회사에 입사해서 남들 보기 좋은 일만 하는 직원들이 막상 실제 그 일을 해보고서는 실망을 해서 퇴사하는 것과 마찬가지지. 최대한 많은 고민과 경험을 쌓아야 그 안에서 행복을 골라낼 수 있는 것이란다."

작은 참치횟집 S식당 이실장님

"강남에 있는 큰 횟집에서 주방장 할 때는 몸도 편하고 돈도 많이 벌었어요. 그 동네는 아무래도 직장인들이 많으시니깐 법인카드로 편하게 비싼 음식을 사먹을 수 있는 회식도 많고, 접대도 많고, 매너 좋으신 손님들도 많으시니까 팁도 잘 주셨죠. 그리고 그렇게 큰 식당에 오시는 손님들은 대부분 음식 맛에 대해서 불평을 안 해요. 더욱이 대부분 방에 다들 들어가서 드시니깐 주방에 있는 저는 손님들의 불평을 들을 일이 없죠. 처음에 그렇게 편하게 주방장을 시작할 때는 좋았어요.

그런데 시간이 갈수록 스스로를 돌아보게 되는 거예요. 가장 큰 문제가 손님들께서 제 음식이 맛이 있는지 맛이 없는지 말씀을 안 해주시니깐 오래 일을 해도 제 요리 실력이 늘지 않는 것이었어요. 제 음식의 문제를 알 수 없다는 것이 문제였죠. 그때 알았어요. 좋은 것이 전부가 아니라는 것을 말이죠. 그래서 지금 이렇게 작은 식당에서 혼자 일을 하기 시작했어요. 손님들하고 가까운 거리에서 이야기하면서 요리를 하면 피곤하죠. 제 음식을 드시는 분들의 표정을 바로 볼 수 있기 때문에 긴장도 많이 돼요. 그런데 이 작은 식당을 하는 동안 확실히 제 요리 실력은 많이 늘었어요. 시간이 지날수록 손님도 늘고 그만큼 칭찬도 해주시구요. 손님이 생각하시기에 회사생활도 똑같지 않아요? 아무도 회사에서 혼내지 않는다면 그것도 마냥 좋은 일은 아닐 거예요."

H대학교 최교수님

"새로운 것을 알게 되고 연구할 때 좋습니다. 저도 교수지만 모르는 것이 많아요. 교수라는 직업은 제가 하고 싶은 연구와 공부를 돈 걱정 없이 할 수 있다는 것이 제일 좋은 점이에요. 사람들 대부분이 그렇지만 저 역시 공부를 하고자 마음을 먹고 유학을 떠날 때 그동안 직장생활을 하면서 벌어놓은 모든 것을 다 걸고 시작해야 했어요. 집까지 팔아서 유학을 떠났죠. 그래도 묵묵히 옆을 지켜준 고마운 가족이 있었고, 정말 운이 좋게 유학을 다녀와서 오랜 기다림 없이 교단에 설 수 있게 되었어요. 이렇게 하게 되기까지 가족들과 많은 시간을 보내지 못했죠. 연구실에서 밤을 새우고, 아침 해가 떠오를 때쯤에 창문 밖에 보이는 사우나에 가서 씻고 나오곤 했어요. 제가 모시던 지도교수님이 참 엄격한 분이셨거든요.

지금 공부를 하는 많은 학생들이 저보다 더 힘든 과정을 겪고 있기 때문에 저 역시 계속 열심히 연구하고 새로운 것을 배워야 하고 그것들을 다시 알려줘야 해요. 저도 학생들에게 엄격하게 가르치는 면이 있는데 제가 그래야만 그 학생들이 더 큰 고비가 왔을 때 좌절하지 않고 그 고비를 넘어갈 수 있는 힘을 스스로 갖게 될 수 있기 때문입니다. 저 역시 제 지도교수님께 그렇게 엄격하게 가르침을 받았는데, 그 덕분에 지금껏 있었던 큰 고비들을 이겨내고 지금을 살 수 있다고 생각합니다."

"월급 몇 푼 더 받았다고 보람 느끼고 그럴지는 않잖아?"

종합보안회사 S사 인사팀 정과장님

"아! 맞아요. 그때 연수 끝나고 라면 먹을 때 진짜 행복했어요! 눈이 발목까지 내린 추운 날이었어요. 연수원에서 직무교육을 진행하는 동안은 정말 바빴죠. 교육생들이 교육을 받는 시간에 자료와 강사들을 챙기고, 다음 교육을 또 준비했죠. 식사시간에는 교육생들이 식사를 할 수 있게 준비해야 해요. 그렇게 일을 하다 보면 밥 먹을 시간조차 없죠. 사실 긴장해서 밥도 잘 안 넘어가요. 모든 연수 일정이 아무런 사고 없이 마무리되고 교육생들이 돌아가면 아무도 없는 연수원에서 정리를 하죠. 그렇게 정리를 끝내고 눈이 소복이 쌓인 아무도 없는 연수원 운동장을 바라보면서 컵라면을 먹는데 정말 좋더라구요.

벌써 7년이 지난 이야기예요. 회사생활은 언제 어디서든 힘들죠. 그래도 가끔 큰 프로젝트를 하나 끝내고, 스스로에게 줄 수 있는 작은 선물은 그 힘들었던 기억들을 행복으로 바꾸기도 해요. 현재의 일에 치우쳐서 가장 행복한 순간을 잊고 산다면 그동안 회사에서 쌓인 행복한 기억과 추억들이 섭섭해할 수도 있잖아요. 새로운 것에서 행복을 찾는 노력도 중요하지만 예전의 행복을 잊지 않고 가끔 꺼내어보는 것도 좋은 일이에요. 마치 7년 전 눈이 내리던 날 먹었던 컵라면 한 그릇처럼 말이죠."

종합무역회사 S사 영업팀 심팀장님

"거래처에서 저를 믿는다고 느껴질 때 행복해요. 요즘같이 대부분의 사람들이 영어도 잘하고 인터넷을 통해서 쉽게 정보에 접근할 수 있는 시대에 무역은 어려워요. 어떤 제품을 외국에서 받아오거나 한국에 있는 제품을 외국에 판다고 하더라도, 그 제품에 대한 정보를 인터넷을 통해 쉽게 알 수 있기 때문이죠. 그래서 다른 사람들이 쉽게 접근할 수 없는 전문적인 제품을 공급해야 해요. 그러려면 제가 공급자가 되어서 수요자에게 팔아야 하고, 반대로 수요자가 되어서 공급자한테 물건을 사와야 합니다. 그러다 보니 종합무역회사의 업무는 일반적으로 갑甲과 을乙로 이루어진 비즈니스 관계에서 '을 오브 더 을乙 of the 乙'인 업무예요. 남들보다 좋은 제품을 경쟁력 있는 가격으로 공급하기 위해서는 수요처나 공급처 어느 곳에서도 갑이 될 수 없는 운명이기 때문이죠.

그런데 나름 이 업계에서 오래 있다 보니 비즈니스나 거래라는 것이 결국은 사람이 하는 것이더라구요. 처음 관계를 맺을 땐 가격이 중요하죠. 그런데 그 이후부터는 가격보다 얼마나 더 믿음을 주느냐가 중요해요. 아무리 좋은 제품을 싸게 팔았다고 하더라도, 사업의 영속성이 없어서 사후관리가 안 된다면 지속적으로 거래를 할 수 없는 것과 마찬가지죠. 결국 일하면서 상대방이 저를 인정한다는 것은 거래 당사자에게 얼마만큼의 돈을 벌게 해주냐의 문제가 아니죠. 나로 인해서 거래 당사자가 편하게 일할 수 있느냐가 중요해요. 화려한 언변과 기술로 상대를 설득하는 것도 좋지만 오랜 시간 묵묵하게 정직으로 사람을 대하면 시간이 오래 걸리더라도 상대방이 조금씩 마음을 열게 되지요. 그때 비로소 마음을 터놓고 같이 일하면서 시간을 보낼 수 있는 동료를 한 명 더 만난다고 생각돼요. 서로 그 정도의 교감이 이루어질 때 드디어 거래처에서 저를 믿고 인정하게 되는 것으로 느껴져서 좋아요."

T정육점 김사장님

"고기가 맛있는 비법이요? 그런 것 없어요. 손님들께 등급만 안 속이면 돼요. 제가 돈을 더 벌려고 고기 등급을 한 단계씩 올려서 판다면 손님들도 금방 아실 걸요? 사장님도 멀리 사시는데 꼭 여기 와서 고기 사 가시잖아요. 오늘은 등심이 좋아요. 전 팔아서 이

문이 많이 남는 부위를 오늘 좋은 고기라고 말하지 않고 진짜 오늘 좋은 고기를 좋은 고기라고 해요.

그런데 오늘은 되게 늦게 오셨네요? 다행히 저도 오늘은 오랜만에 늦게까지 문 열고 있었어요. 엄청 멀리 사시는 할머니 한 분이 계시는데 저희 집 고기가 맛있다고, 곧 손주가 놀러오는데 꼭 먹여야 한다고 사러 오신다고 하셔서 기다리고 있었어요. 밤이 늦어도 약속한 손님을 기다리는 것은 행복한 일이에요. 다른 정육점 많은데 꼭 저를 찾아오시는 손님들이 계시면 정말 고마워요. 가끔 누가 나를 찾아온다고 생각하면 내가 텔레비전에 나오는 유명한 스타가된 느낌도 들고, 그렇게 기다리다 보니 손님도 또 이렇게 오시고 좋잖아요. 서로 믿고 살다 보면 더 좋은 일이 생겨요."

종합식품기업 이사 이팀장님

"우리 팀원들을 위해서라도 나는 나보다 직급이 높은 윗분들께 할 말은 하고 살아. 팀장이라고 임원들 비위 맞추고 밑의 애들 못 살게 굴면 나야 편하지. 그렇게 해야 윗사람들도 좋아하고. 그런데 그렇게 시키는 일 그대로 따라하면 무슨 의미가 있니? 팀원들도 다 성인이고 목표가 있어서 나랑 같이 회사에서 일을 하고 있는건데 윗사람 비위 맞추는 것만 보고 배우면 안 되지. 그러면 그 친구들이 머리가 커져도 새로운 일을 주도적으로 하지 못하고, 그런 처세술만 배워서 나중에 똑같이 될 텐데 그건 좀 아니잖아. 가끔

팀장회의 들어가면 대표까지 다 모인 자리에서 일개 팀원의 행동
에 관해서 뒷담화를 하거나 지적하는 사람들이 있어. 윗사람들끼
리 모여서 그렇게 아래 직원들 흉이나 보는 모습을 보면 너무 화가
나. 팀장까지 되었으면 팀원들을 가르쳐주고 이끌어주지는 못할망
정 뭐하는 일인가 싶기도 하지.

 팀원들도 내가 어려운 팀장이라는 것을 알아. 일할 때는 정말 호
되게 혼내고 실수도 잘 용납하지 않고 속된 말로 빡세게 하거든.
그런데 그만큼 우리 팀원들이 낸 아이디어를 어떻게든 같이 머리
를 쥐어짜서 실행해보려고 하고, 내가 윗사람들한테서 본인들을
커버해주는 것을 아니깐 잘 따라와. 어떤 때 보면 따라온다기보다
팀원들이 날 밀어주는 것처럼 느껴지기도 한다니깐? 그러다보니
일 이야기만 하는 게 아니라 사는 이야기도 하고, 서로 많이 도와
주고 하지. 그게 진짜 팀이라는 거잖아. 우리 팀원들을 볼 때마다
참 다행이다 싶고, 회사생활의 보람을 느끼기도 해. 회사원들이 월
급 몇 푼 더 받았다고 보람 느끼고 그렇지는 않잖아? 회사 안에서
또 좋은 식구들 만나서 기분 좋게 일하면 그게 보람이지.”

육군0사단 작전과장 김소령님

“직업군인을 하면서 가장 좋은 점은 내가 알고 있는 좋은 것을 다
른 사람들에게 알려줄 수 있는 기회가 많다는 거야. 직급을 떠나서
서로 알려주고 대화하다가 보면 신뢰가 쌓이고, 사람들이 조금씩

바뀌는 것을 느낄 수 있어. 처음 장교로 임관했을 때야 충성과 패기가 넘쳤지. 그런데 그만큼 어리바리하기도 했어. 장교들도 처음 임관하면 군생활을 처음 해보는 이등병과 마찬가지니까 그럴 수밖에 없지. 난 진짜 내가 직업군인을 하게 될 줄은 상상도 못했어. 후보생 시절에 그렇게 우수하지도 않았고, 장교로 임관해서도 단기로 금방 전역할 줄 알았는데 전역할 때쯤 생각해보니 군인도 공무원이잖아? 나쁘지만은 않겠더라고. 그렇게 10년 넘게 군생활을 하고 있는데 보람차고 재미있는 일인 것 같아.

군인도 따지고 보면 일반 회사원들과 마찬가지로 상사나 부하들과 관계와 신뢰를 쌓아가는 직업이야. 나라에 대한 무조건적인 충성과 희생을 강요하는 것은 사실 요즘 세대들에게는 설득력이 떨어질 수 있지. 요즘 친구들 얼마나 똑똑한데. 그래서 옛날처럼 직위로 복종시키는 것은 안 돼. 오히려 역효과가 나서 다른 사람들까지 피해를 보게 돼. 그래서 군대에서도 사람 대 사람으로 한 명씩 서로서로 믿을 수 있는 관계를 쌓아가야 돼. 진짜 전쟁이 났을 때 서로 신뢰가 없거나 오히려 증오가 쌓여서 같은 편끼리 싸우게 되면 참 곤란한 일이잖아. 20대의 젊은 친구들을 만나서 대화하고, 같이 믿고, 건강하게 전역할 수 있게 하고, 전역을 한 후에도 바른 방향으로 갈 수 있도록 도와주는 것이 내 역할인 것 같아. 그렇게 서로 바른 방향의 관계를 쌓아나가면 삶 속 어딘가에 숨어있는 이 작은 관계들이 전쟁처럼 힘든 상황이 닥쳤을 때 연결되고 또 연결

되어서 우리 모두에게 힘이 되어줄 테니까."

5성급 J호텔 윤팀장님

"정말 사소한 건데 내가 싸준 도시락을 남편이 고맙게 잘 먹었다고 할 때 그날 하루 좋더라. 회사에 출근하면 정말 바쁘잖아. 하루 종일 일을 하다 보면 가족 생각할 겨를이 없는데, 그래도 도시락 덕분에 점심시간이 끝나면 남편한테 연락이 와. 그때가 되어서야 가족에 대해서 생각하게 되지. 아침엔 나도 출근하느라 정신없어서 도시락 싸다 보면 새로운 반찬을 만들어서 넣어주는 것이 아니라 집에서 먹다 남긴 반찬을 넣게 되거든. 냉장고에 있던 생선이나 밑반찬 같은 것들 말이야. 그래도 매일 도시락 먹고 나서 꼭 고맙다고 연락해주고, 잘 먹었다고 인사해주고, 도시락을 회사에서 씻어서 가져와. 그런 모습을 보면 나도 다음 날 아침이 되면 힘들어도 도시락을 또 싸주고 싶고 그래. 도시락 하나로 가족도 생각하게 되고, 외식 많이 안 하게 되니 건강에도 좋고, 식비도 많이 안 들게 되고 여러모로 좋아.

　도시락 가지고 행복하다고 하니깐 조금 부끄럽네. 우리 또래 비슷한 회사원들이 행복하게 생각하는 것들이 비슷하잖아. 우리 집이 어디에 몇 평짜리 아파트고, 연봉이 얼마고, 주식으로 얼마 벌었고. 그런데 숫자로만 표현되는 행복보다 마음으로 느끼는 행복은 잘 표현하고 살지는 않는 것 같아. 행복이라는 것이 같이 사는 부부끼리도 생각하지 않으면 잊히고, 표현하지 않으면 모르고 지나쳐버리는 것인데 말이야. 정말 볼품없는 도시락이라도 서로 감사하고 표현하면서 느끼는 행복이 돈으로 느끼는 행복보다는 더 따뜻한 것 같아."

"회사생활 끝은 누구에게나 퇴사거든"

석유화학제조회사 ㄴ사 이과장님

"제가 회사를 다닐 수 있게 해주는 것은 드럼이에요. 저는 대학생 때 밴드부에서 드럼을 쳤어요. 회사에 취직해서도 가끔 학교에 있는 동아리방에 가서 드럼을 치곤 했어요. 사무실이랑 집이랑 학교 모두 다 멀지 않은 거리에 있었거든요. 그렇게 한 1년 정도 편하게 출퇴근하다가 청천벽력 같은 소식을 들었죠. 회사에서 갑자기 타지로 발령이 난 거예요. 살면서 한 번도 가본 적 없는 지역이었지만 그래도 저는 어렵게 구한 직장이라 못 간다고 하면 안 되는 줄 알고 아무런 연고도 없는 타지에 가서 혼자 살았어요. 물론 발령지가 아주 작은 도시는 아니었지만 친구도 가족도 없는 곳에서 혼자 지내는 것이 쉬운 일은 아니더라구요. 대학생이면 학교에 가서 친구라도 사귀는데 회사원들은 다 가정이 있고, 사실 일을 하려고 모인 사람들이기 때문에 마음을 모두 열기는 힘들잖아요. 게다가 기존에 그 지역에 살고 계셨던 분들은 또 그분들의 친구가 있으니까. 처음에 어딘지도 모르는 곳에서 말 붙일 사람도 없어서 외롭고 힘들었어요. 퇴근하고 어두운 방에 불 켜고 들어오면 아무것도 할 게 없는 상황에서 마주치는 그 한기와 적막이 있거든요.

그렇게 외로운 회사생활에 지칠 대로 지쳐서 사직서를 써놓고 언제 제출할지 고민하고 있었죠. 그러던 중 제가 계속 회사생활을 할 수 있게 도와준 것은 '드럼'이었어요. 퇴근하고 외로운 마음을 달래기 위해서 매일 마시던 술을 끊고, 다시 잡은 드럼스틱은 내일 또 다시 출근할 수 있는 힘을 주었죠. 음악에 맞춰서 드럼을 치는 동안에는 무언가에 홀린 것처럼 외로움 같은 생각은 들지 않았고, 음악이 끝날 무렵이면 땀으로 뒤범벅되어서 내려왔거든요. 그곳에서 만난 사람들과 친해져서 외로움도 많이 달랠 수 있게 되었죠. 아직도 생각해요. 제가 만약 회사에서 성공하고 싶다고 해서 회사일에만 몰두했다면 이미 저는 회사를 그만두었을 거예요. 삶에 지치고 힘들 때마다 가끔 다른 세계로 일탈할 수 있게 해준 드럼이 지금까지 회사를 다닐 수 있게 도와주었죠."

에너지 제조업 W사 김부장님

"난 요즘 주말에 등산할 때 행복해. 무리해서 올라갈 필요는 없지. 남들이 모두 좋다고 하는 산을 찾아가서 무작정 올라가려 하지 말고 나한테 맞는 높이의 산을 골라서 내 페이스에 맞게 조절하면서 올라가야 해. 괜히 몸이 힘든 날 억지로 올라가려 하지 말고, 힘들면 쉬면서 천천히 올라가는 거야. 정상에 남들보다 빨리 올라가면 뭐 하겠니? 그리고 나한테 무리할 정도로 높은 산에 올라가서 뭐 하겠니? 어떤 산을 어떻게 오르더라도 결국 해 떨어지면 산에서 내려와야 해. 본인의 건강을 해칠 필요 없이 쉬엄쉬엄 올라가면 되는 거야.

회사생활도 등산하고 비슷하지. 내 능력에 맞게 일을 하면 되고, 힘들 때 연차를 쓰면서 스스로 페이스 조절을 해야 해. 상사의 호통 때문에, 혹은 본인 스스로가 지금 누리고 있는 지위를 잃을까 봐 두려워서, 더 얻고 싶어서 과도하게 일을 한다면 자기 페이스를 망쳐버리게 되지. 페이스를 잃으면 그때부터 자신감이 없어지면서 결국 포기로 이어지거나 건강이 악화되어 어쩔 수 없이 포기하게 되지. 남들이 부러워하는 회사를 다닌다고 으스대거나, 오버페이스로 남들보다 먼저 승진한다고 해도 회사생활 끝은 누구에게나 퇴사거든. 등산의 마지막은 하산인 것과 마찬가지지.

힘들게 헐떡이면서 산을 올라간다면 내 눈에 보이는 풍경은 바닥의 돌과 흙뿐이야. 고개를 들고 어깨도 펴고 편안하게 올라가면 주위의 경치와 하늘도 볼 수 있고, 상쾌한 공기도 마실 수 있어. 그렇게 차분히 등산을 하고 내려오면 마음이 편안해지지."

B병원 원무과장 오팀장님

"딱 한입 먹으면 입가에 미소가 저절로 지어져. 세상에 이렇게 사람의 마음을 금방 좋게 할 수 있는 음식은 흔하지 않아. 참치가 왜 참치인 줄 아냐? 참 좋을 '참'자에, 치임 고일 '치'. 그래서 먹을 때마다 참 좋고, 입에 침이 고이는 음식이 참치야. 이렇게 먹으면 기분이 좋아질 정도로 맛있는 음식인 참치를 매일 먹으면 기분이 어떨까? 내가 참치횟집 실장님한테 직접 들은 이야기인데, 참치횟집을 하면 제일 안 좋은 것이 뭔지 아냐? 바로 자기가 제일 좋아했던 참치를 맛있게 먹을 수 없게 된 거래. 아무리 좋고 비싼 참치가 있어도 참치횟집 실장을 오래하면서 매일 먹었더니 이제 더 이상 참치가 맛이 없다는 거야. 한마디로 비싸고 좋은 참치에 질려버린 거지.

아무리 비싼 참치도 매일 먹으면 질리듯이 인생도 매일 즐거우면 그것이 인생이겠냐. 그 인생도 질릴 거야. 이렇게 가끔씩 좋은 사람 만나서 한 점씩 먹는 참치마냥 즐거운 일은 가끔씩 있어야 인생이 행복한 것일 수도 있어. 요로코롬 시시콜콜한 이야기를 하면서 소주 한잔하면 그게 행복이지 뭐 있겠냐. 아 지금 보니깐 참치는 참 좋을 '참'에 치인구의 '치'라서 참치인가?"

화장품 제조회사 R사 황매니저님

"힘들 때 편하게 순댓국에 소주나 한잔할 수 있는 사람 있으면 좋지. 어른이 돼보니 사람의 인연이라는 것이 자주 연락하지 않으면 금세 쉽게 잊히는 사람이 있는 반면 오랫동안 만나거나 연락하지 않으면 오히려 생각나는 사람이 있어. 쉽게 잊히는 사람하고는 잊히지 않기 위해서 좋은 곳을 가거나 맛있는 것을 먹어서 상대방의 기억에 남을 수 있게 노력하지. 그런데 반대로 자주 연락하지 않아도 생각나는 사람하고는 특별히 맛있는 것을 먹지 않아도 돼. 그냥 지금처럼 편하게 신발 벗고 마주 앉아 새우젓에 순댓국 그리고 소주 한잔이면 만사 오케이지. 이빨에 들깨가루가 껴 있으면 어떠냐. 옷에 깍두기 국물이 튀면 또 어떠냐. 이렇게 편하게 먹고 마시다 보면 네가 내 나라의 대통령도 되고, 내일이면 우리를 위한 하와이 행 비행기가 뜰 것 같지 않냐?

　그래도 가끔은 편하게 만날 수 있는 사람이 있으니까 사회생활하면서 사람들에게 상처도 많이 받고 지쳐도 버틸 수 있는 거야. 곧게 뻗은 강남 테헤란로의 높은 빌딩을 올라가는 엘리베이터에서 넥타이 질끈 메고 수첩 들고 만나는 사람이 아니라, 넓은 들판 앞의 시골 마을회관 평상에서 반바지만 입고 앉아있다 보면 어느새 내 옆에 와서 부채질하고 있는 사람과 막걸리 한잔을 하는 것이 편하지. 그냥 그런 거야. 일하면서 힘들 때는 이렇게 또 소주 한잔하면서 또 풀고 사는 거지 뭐."

종합보험회사 S사 이매니저님

"나를 무조건 최고로 알아주는 사람이 있다는 건 행복한 일이야.

보험회사에서 자동차사고 보상 업무를 하다 보면 별별 일을 다 겪게 돼. 사고를 낸 사람도 당한 사람도 보험금을 조금이라도 더 받기 위해서 보상 직원들과 싸움을 하게 되지. 이 과정에서 나 같은 보험사 직원은 잘못한 것도 없는데 보험사 직원이라는 이유 하나만으로 고객들에게 어쩔 수 없이 욕을 먹게 돼. 이런 일을 할 때마다 억울해도 항상 고객에게 무조건 죄송하다고 하고 본인을 굽혀야 버틸 수 있어. 왜냐하면 나를 굽힐수록 내 가족에게 더 좋은 것을 줄 수 있기 때문이야.

깜깜한 새벽에 먼저 일어나서 일을 하려고 집에서 컴퓨터 모니터를 켜면 다섯 살 먹은 아들이 잠을 자다가 눈 비비고 일어나서 내 무릎에 앉아있어. 새벽에 혼자 일하기 외로울 때마다 아들이 졸린 눈으로 옆에 앉아있지. 그렇게 둘이 앉아서 도란도란 이야기하면 그렇게 행복할 수가 없어. 아들은 아빠를 세상에서 최고로 알고 있거든. 일하면서 항상 '을'로 힘들어도 집에 오면 이 세상 최고의 아빠와 남편이 되니 그 힘에 또 직장생활 하는 거지. 사회에 나오기 전에는 내가 세상 최고인 줄 알고 살았는데, 사회에 나오니 내가 최고가 아님을 알게 되었잖아? 그리고 결혼을 하고 부모가 되면 가정에서는 최고가 되기 위해서 노력을 하는데 사실 그것도 쉽지는 않아. 항상 가장이라는 존재는 가족에게 부족함을 느끼면서 살게 되잖아. 그렇게 쉽지 않아도 나를 최고로 알아주는 사람들의 행복을 위해서, 그리고 나의 행복인 그것들을 위해 희생하는 삶, 그 안에 행복이 있지."

고등학교 언어교사 강선생님

"평범하게 사는 것도 이렇게 어려운데 우리 부모님들은 이렇게 해서 날 키우셨을 것 아녀? 언제부터인가 우리는 직장을 다니고, 돈을 벌고, 텔레비전을 보고, 매순간이 평범하고 비슷해서 매일 재밌는 것을 찾는 지루한 아저씨가 되어버렸어야. 학창시절을 생각해보면 쉬는 시간에 매점에 뛰어가는 것도, 청소시간에 학교 담 너머 분식집에서 꽈배기를 사먹는 것도, 친구들과 음악테이프가 늘어나도록 돌려 듣던 것도, 매일 일어나는 평범한 일상인데도 그때는 참 웃기고 재밌었지. 그런데 나이가 들어보니 매일 일어나는 평범한 일상은 당연히 재미없는 것이라고 생각하고 살고 있잖아?

평범한데도 소소한 재미를 찾아야 해. 오늘도 잘 생각해봐. 어제와 똑같은 점심시간인데 오늘은 재밌게도 널 만나서 이런 이야기를 나누고 있잖아. 인생 속 재미라는 것은 짜장면 속의 고기처럼 분명 주방장은 많이 넣었다고 말하는데 스스로 찾기는 참 힘들어. 그런데 고기가 잘 보이지는 않지만 막상 짜장면을 먹을 때 짜장면에서 고기맛이 나고 가끔 씹히기도 하거든. 그래서 매번 똑같은 짜장면을 시켜먹어도 고기를 찾으면서 재미를 찾는 거지. 평범한 하루는 지루할 텐데 그 평범함이 깨졌을 때 행복했었는지 반대로 한번 생각해봐. 아마 열에 아홉은 평범함이 깨지는 순간 슬픔과 고통이 같이 찾아왔을 거여. 나도 학교에서 학생들을 가르치면서 느낀 것이지만 부모님들은 슬픔과 고통을 막고, 자신의 아이들이 평범하게 자랄 수 있게 희생하며 살고 있지. 그렇게 따지면 지금 우리의 평범함은 참 행복한 일이고, 부모님께 감사하게 생각하고 살아야 혀. 안 그냐?"

자산관리전문회사 J사 하대표님

"사람을 대할 때는 그 사람이 누구든지 항상 진지하게 임해야 해요. 제가 말하기는 부끄럽지만 저도 처음 사업을 시작할 때는 열 평 남짓한 작은 사무실에서 시작했어요. 그때는 남들과 다르게 사업을 해보겠다는 의지가 상당히 강했습니다. 항상 남들과 다른 것을 시도했고, 창의적인 생각을 떠올리기 위해서 노력했어요. 물론 지금도 그런 노력은 하고 있습니다만 그 당시에는 그것이 전부인 줄 알았습니다. 그래서 실패도 많이 했고, 사람들이 왜 내 실력과 마음을 알아주지 못할까에 대한 일종의 속상함, 야속함 뭐 그런 것들이 많았죠.

그렇게 처음에는 어려웠어도 마음을 굳게 먹고 계속 하다 보니 끊임없이 하게 되는 일은 의외로 사람을 만나는 일이었어요. 그 사실을 알게 된 이후에는 사람을 만날 때마다 그분들이 지위가 높든 낮든, 가진 것이 많든 없든 저를 찾아주시는 분들 한 분 한 분께 진심을 다해서 대하려고 했어요. 그분들이 어떻게 저를 찾아오셨는지 계산하지 않았고, 지금 당장은 아니라도 언젠가는 제 고객이 될 수 있다는 마음가짐을 가졌어요. 저를 찾아오시는 분들은 모두 소중하다고 생각하고 사람을 가리지 않았죠. 한 번이라도 안면이 있는 분을 혹시라도 길에서 우연히 만나게 되면 제가 먼저 찾아가서 인사를 하고 악수를 했습니다. 그렇게 오랜 시간을 지내다 보니 한 분 두 분 저를 기억하고 찾아주셨고, 또 그분들이 지인을 소개해주시고 해서 지금 이렇게 살고 있는 것 같습니다. 제가 다른 사람들을 진지하게 대할 때 그분들이 저를 존중해주고, 그렇게 이어진 모든 관계들로 다 같이 행복해지는 것 같습니다."

이런다고 달라질 일은 없겠지만

알람소리도 울리지 않았는데 자연스레 잠에서 깬다. 사실 휴대폰에 알람을 설정해놓지도 않았고, 오늘도 역시 잠들어 있는 사이에 아무런 연락이나 메일도 오지 않았다. 어젯밤에 틀어놓은 가습기에서 뿜어져 나온 수증기와 어둡게 쳐진 커튼 사이로 가느다란 햇빛이 들어온다. '많이 지친 너를 위해 내가 밤새 어둠을 이기고 오늘의 아침을 밝혀두었어'라고 말하는 듯한 속삭임이 들려오는 것 같아서 창문을 드르륵 열어본다. 차가운 공기가 방 안에 퍼지고, 다시 이불 속에 들어가 누운 채 얼굴만 내놓는다. 이불 속의 따스함과 밖에서 들어온 신선한 바람의 향기가 만나서 카페라테의 거품처럼 부드러운 촉감을 준다.

잠옷 위에 부드럽고 폭신한 겉옷을 걸친 채 슬리퍼를 끌고 밖으로 나간다. 금색 잔디가 깔린 마당 끝에는 나무로 만든 벤치가 있다. 벤치는 햇볕으로 적당히 따스하게 데워져 있다. 그 위에 앉아서 저 멀리에서 들려오는 파도소리를 듣는다. 밀려오는 파도는 처음에는 모두 비슷해 보이지만 오래 보고 있노라니 소리도 크기도 조금씩 달라 보인다. 파도소리 사이사이로 부지런한 동네 꼬마들의 천진난만한 웃음소리가 도넛 위의 알록달록한 토핑처럼 뿌려진다. 가끔씩 찾아오는 하얀 갈매기와 시야의 좌우를 가르는 먼 바다 위 작은 통통배의 움직임이 내 눈을 심심하지 않게 해준다. 텀블러에 담아온 따뜻한 커피를 한 모금 마신다. 가방에서 누런색 종이봉투에 담아온 빵을 꺼낸다. 아직 따뜻한 빵은 내 손에 집혀 주욱 찢어질 때마다 부끄러운 듯하다가는 하얀 속살을 드러낸다. 커피향과 수수한 듯 기교가 없는 빵의 부드러운 촉감이 햇빛과 파도 그리고 작은 구름 몇 조각과 잘 어울린다.

노트를 편다. 종이는 약간 두껍고 단단하다. 그리고 연필을 꺼낸다. 연필 끝은 뭉뚝하지만 연필심이 두꺼워서 종이를 세게 누르지 않아도 쉽게 그림을 그릴 수 있다. 내 눈에 보이는 대로, 내가 그리고 싶은 대로 그림을 그린다. 만약 갈매기가 더 보고 싶으면 더 그려 넣어도 된다. 아무에게도 보여줄 필요가 없어서 내가 그리고 싶은 대로, 잘 그리지 않아도 되는 그림이다. 이 그림은 그려지는 동안 연필과 종이가 만나서 서로 속삭이는 사각사각 소리를 듣기 위해서 그리는, 오직 나를 위한 나의 그림이기 때문이다.

사무실에서 답답할 땐 마음속으로 이런 상상을 한다. 이렇게 글을 쓰거나 읽는 것만으로도 잠시 바닷가 언덕 위에 있는 작은 집에 앉아서 그림을 한 점 그리고 온 기분이다. 사무실에서 일을 하다 보면 모든 사물들의 본질을 느낄 수 없게 된다. 돈을 벌기 위해서 일어나고, 돈을 벌기 위해서 점심시간에 맞춰 밥을 먹고, 돈을 벌기 위해서 사람들을 만나고, 돈을 벌기 위해서 커피를 마시며 휴식한다. 모든 목적과 방법이 돈을 위해서 합치되는 순간 소리는 소음이 되고, 향기는 냄새가 되어버린다. 여러 가지를 보고 듣고 맛볼 수 있는 내 오감은 오직 불편함이라는 단편적인 느낌만 느끼게 된다. 아쉽게도 지금 회사에 모인 우리들 모두 돈을 벌기 위해서 만났고, 그래서 우리 모두는 각자에게 그리고 서로에게 불편하다. 당신뿐 아니라 당신 주위의 사람들 모두가 비슷하게 생각하고 있다. '나는 지금 나에게 맞지 않는 옷을 입고 있는 것 같다.'

　지금 글을 쓰고 읽고 있는 나를 포함한 회사원들 모두는 서로 불편하면서도 같이 힘들다. 새삼스럽게 알고 있었던 불편함이 다가올 때 내가 느끼고 싶은 감정이나, 내가 가고 싶은 곳을 상상하면서 마치 눈앞에 보고 있는 것처럼 글로 쓰면 사무실 파티션에 가로막혀 답답했던 마음이 조금 나아진다. 이 부족한 경험과 글들을 통해서 우리 회사원 모두가 회사에서 잠시만이라도 마음을 내려놓을 수 있었다면 좋겠다. 사실 이렇게 글을 쓴다고 혹은 읽는다고 달라질 일은 아무것도 없겠지만, 시인 박준이 표현했듯이 그래도 같이 느낄 수 있다면 조금 힘도 되고 그럴 것 같다.

밥벌이의 이로움

1판 1쇄 찍음	2021년 1월 27일
1판 1쇄 펴냄	2021년 2월 3일

지은이	조훈희
펴낸이	조윤규
편집	민기범
디자인	홍민지

펴낸곳	(주)프롬북스
등록	제313-2007-000021호
주소	(07788) 서울특별시 강서구 마곡중앙로 161-17 보타닉파크타워1 612호
전화	영업부 02-3661-7283 / 기획편집부 02-3661-7284	팩스 02-3661-7285
이메일	frombooks7@naver.com

ISBN	979-11-88167-41-8 03810